LES FÉES

EN TRAIN DE PLAISIR

ARSÈNE ALEXANDRE

LES FÉES

EN TRAIN DE PLAISIR

OUVRAGE ILLUSTRÉ DE

de 107 gravures dans le texte et de 8 grandes compositions hors texte

Par LUCIEN MÉTIVET

PARIS

ANCIENNE LIBRAIRIE FURNE

SOCIÉTÉ D'ÉDITION ET DE LIBRAIRIE

5, RUE PALATINE, 5

TABLE DES MATIÈRES

CHAPITRE PREMIER

I L y a bien peu de temps que s'est passée cette merveilleuse histoire, puisque c'est à l'époque où les bêtes parlaient encore.

Mesdames les fées, dans leur féerique royaume de féerie, s'ennuyaient, oh ! mais s'ennuyaient à en mourir, ce qui eût été bien dommage, si du reste cela n'avait été impossible.

Elles étaient lasses de toujours vivre dans l'or, l'azur, le rose et les perles. Les délicieuses musiques qu'exécutaient pour elles, à journée entière, toutes sortes de petits génies flûteurs, harpistes et violoneurs, finissaient par leur paraître aussi insipides qu'un orgue de Barbarie. Et encore, je crois bien que si un vrai joueur d'orgue était venu par là tourner sa manivelle, cela les aurait tant distraites, qu'il aurait été dans le cas de remporter une incalculable fortune, et de devenir, de par le pouvoir magique, le plus puissant souverain de la terre.

1

Ce pouvoir magique lui même, les pauvres fées en étaient tout embarrassées. Qu'en auraient-elles fait, maintenant qu'elles ne pouvaient plus l'exercer qu'entre elles? Cela, au temps jadis, allait le mieux du monde lorsqu'elles venaient, dans nos pays, se mêler de nos petites affaires, marier la Belle avec la Bête, Gracieuse avec Percinet, débarrasser le prince Charmant de son plumage d'oiseau bleu, protéger Cendrillon, jouer enfin, sous les formes les plus diverses, les tours les plus cuisants aux traîtres, aux cruels ou aux avaricieux.

CANDIDE.

Mais peu à peu, rebutées par notre grossièreté, notre incrédulité et notre ingratitude, elles s'étaient dégoûtées d'intervenir dans la vie des hommes. Peu de temps après la mort des bonnes dames d'Aulnoy et Leprince de Beaumont, dont les contes ravissants ont bercé votre toute petite enfance, elles étaient remontées à tout jamais dans leurs palais invisibles.

A tout jamais! Voilà qui est bien vite dit, mais moins vite fait. Il y avait tout au plus une centaine d'années qu'elles avaient pris cette résolution, lorsque l'hiver dernier arrivèrent les incroyables événements que nous allons vous conter.

Dans une belle chambre toute tendue d'un certain vert, mélangé d'un certain rose, et brodée d'un certain or pâle qui faisaient le plus joli effet que l'on puisse rêver, quatre fées étaient à demi-étendues sur des coussins de soie. Elles disaient une parole tous les quarts-d'heure et bâillaient toutes les cinq minutes.

Il y avait la fée Candide, toute blonde et toute rose, avec de grands yeux bleus de poupée, mais d'une poupée qui aurait beaucoup d'esprit. Vêtue d'une robe entièrement blanche, elle n'avait pour toute parure qu'une ceinture et un bracelet d'argent qui faisaient mille tours autour de sa taille et de son bras, et qui étaient vivants. Elle pouvait les envoyer faire au loin toutes sortes de commissions dont ils s'acquittaient à merveille.

Puis venait la fée Violante, qui avait la peau très pâle, les cheveux très noirs flottant sur ses belles épaules, couvertes d'un grand manteau de feu. Violante avait sur le front, en guise de ferronnière, une escarboucle qui brillait comme le soleil et voyait à travers tous les obstacles ce qui se passait à cent mille lieues ; aux oreilles deux tout petits anneaux d'or pur qui entendaient tout ce qui se disait à la même distance.

La fée Colibri, la plus gaie de toutes, montrait sur son costume les multiples couleurs changeantes du plumage des oiseaux de Paradis, délicatement mélangées. Elle ne portait d'autre talisman qu'une petite aigrette qui faisait tout ce qu'elle voulait.

Enfin la quatrième était la fée Mab, encore plus mignonne, si cela était possible, que sa sœur Colibri. De vous dire comment étaient son visage et son costume, j'en serais bien embarrassé, car ils changeaient à chaque minute. Elle était tantôt brune, tantôt blonde, tantôt châtain, tantôt rousse ; tour à tour triste, gaie, sérieuse, étonnée, mo-

VIOLANTE.

queuse, rose, rouge, pâle ; mince, grassouillette, svelte, potelée. Quant à sa robe, elle devenait successivement de toutes les nuances, et jamais, depuis qu'elle existait, la même ne s'était trouvée répétée. Les broderies dont elle était bariolée changeaient de sujet avec la couleur, et c'étaient des histoires différentes, parfois les plus bouffonnes, parfois les plus terribles, qu'on n'en finirait point de raconter.

Et ce qui n'est pas le moins curieux, c'est qu'à travers et malgré tous ces changements de la fée Mab, on la reconnaissait toujours.

Maintenant que les voilà présentées, écoutons leur conversation pour connaître leur caractère.

« Aaaah ! fait Colibri en bâillant de toute sa belle petite bouche, il me semble qu'il y

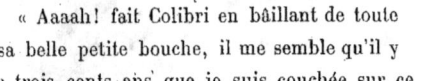

COLIBRI.

a trois cents ans que je suis couchée sur ce sopha, et il n'y a même pas trois quarts d'heure. Qu'est-ce que nous pourrions bien faire pour passer l'après-midi d'une façon un peu moins maussade ?

— Faisons-nous des farces, propose Mab.

— C'est cela. J'ai envie de changer Violante en mouton bêlant, pour lui apprendre la douceur.

— Très bien, dit Violante, les dents serrées. Je deviendrai enragée et je t'avalerai.

— Et moi, je deviendrai dans ton estomac de mouton enragé une petite boule de mélinite, et je te ferai éclater en mille miettes que tu rassembleras, si tu peux.

— Oh ! mesdames, mesdames, intervient Candide de son air ingénu, je crois bien que vous allez dire des bêtises si vous n'êtes déjà en train. C'est vieux comme la lune, ces plaisanteries-là, et je ne pense pas que, même réussies, elles nous divertissent guère.

— Candide a raison, murmurent les trois autres fées découragées, et retombant paresseusement sur leurs moelleux coussins.

— Voyez-vous, poursuivit Candide avec douceur, c'est l'inconvénient de notre situation. Tous les tours que nous pouvons faire ici se paralysent les uns les autres. Ils sont, de plus, trop connus. Ils n'étonnent plus personne ; et un tour qui n'étonne personne...

— Ce n'est pas un tour.

— C'est égal, reprit après un silence, et non sans un peu d'humeur la fée Colibri, Candide est encore bien bonne. Bonne pour critiquer, oui ; mais qu'elle nous propose donc quelque chose de neuf si elle en est capable. Elle ne s'ennuie jamais, tranquille comme elle est ; mais aussi elle n'amuse pas beaucoup les autres.

— Merci bien. Ah ! tu crois comme cela que je ne m'ennuie pas parce je bâille un peu moins fort que toi, et que je n'assomme pas mes compagnes de ma propre langueur ? La preuve que je m'ennuie encore bien plus que vous, c'est que...

— Quoi ?

— Je ne sais si je dois l'avouer.

— Va donc !

— C'est que... je voudrais bien faire un petit tour sur la terre, dit Candide avec confusion.

— Mais je ne pense qu'à ça ! s'écria Colibri.

MAB.

— Et moi aussi, dit Violante.

— Et moi aussi, chanta Mab en devenant feu d'artifice.

— Nous ne pensons toutes qu'à ça!

— Seulement nous n'osions pas le dire.

— C'est Candide qui la première a rompu le silence.

— Chère Candide!

— Bonne petite Candide!

— Amour de petite Candide!

— Demandons-lui pardon!

— Embrassons-la! »

MAB S'ÉTAIT LEVÉE.

Mais Candide demeurait muette. Sa gentille frimousse rose était attristée.

— Eh! bien, qu'est-ce qu'elle a?

— Est-elle malade?

— Parle donc, Candide! ne nous mets pas la mort dans l'âme

— Hélas! mes chéries, vous n'oubliez qu'une chose.

— Laquelle?

— Notre serment!!

— C'est vrai, dirent les fées...

Notre serment. — Notre terrible serment!

— De ne jamais redescendre là-bas.

— Nous voilà prisonnières de nous-mêmes. — par nous-mêmes! »

Suivit un silence de plus d'une heure, pendant lequel les quatre petites fées bâillèrent en rageant, et ragèrent en bâillant. Cela aurait pu durer bien plus long-temps si Mab ne s'était levée, en faisant une pirouette, façon de demander la parole.

— Notre serment, c'est vrai. Mais vous savez comme moi qu'il y en a bien peu qui, pour nous, ne puissent jamais être déliés. Je ne crois pas que celui-là soit de la sorte... On pourrait toujours essayer.

— Mais pour cela, il faudrait demander à la Reine.

— Et ça n'est pas commode.

— Non, ça n'est pas très commode.

— Ça n'est pas commode du tout.

Elles restèrent un instant pensives.

— Ma foi, tant pis ! j'essaye, dit Coli-bri. Qui m'aime me suive !

— Nous te suivons toutes ! »

Et elles s'envolèrent, pendant que la fée Carabosse, qui avait tout entendu, écoutant derrière une portière, ricanait de sa vieille bouche édentée, et frottait ses mains sèches.

CARABOSSE.

— Je vais aller faire un brin de toilette et préparer ma malle, murmura-t-elle, car je les connais, ces mignonnes, elles ne pourraient pas, non, elles ne pourraient pas se passer de moi ! »

Cependant Candide, Violante, Mab et Colibri traver-saient les immenses espaces qui séparaient leur palais du château de la Reine.

Malgré leur rapidité le trajet était long à accomplir, et malgré leur puissance, des plus désagréables.

Il leur fallait franchir des campagnes de nuages, où des gnômes grossiers, occupés à fourbir et astiquer les orages, pouffaient de rire sur le passage de ces belles dames, et leur adressaient les plus sottes plaisanteries. Elles avaient beau en anéantir quelques-uns, il en sortait toujours de nouveaux de derrière les nuageux festons.

Des méchants lutins de huit à dix ans, vagabondant par là, à la façon de nos gamins des rues, leur faisaient partir des pétards dans les jambes, pour s'amuser des petits cris qu'elles poussaient. Elles avaient beau les chasser, ils disparaissaient pour recommencer plus loin.

On eût dit que toute cette mauvaise troupe était ameutée contre les fées par quelque ennemi invisible.

— Si c'est ainsi que commence notre voyage, dit Violante avec dégoût, j'aimerais autant rebrousser chemin.

Mais les autres se récrièrent.

— Moi, dit Mab, je trouve cela très, très amusant !

— Il faut bien que tout plaisir se paie, ajouta Candide avec douceur.

— Violante est donc une caponne ? demanda ironiquement Colibri.

— Caponne, moi !.....

Violante, indignée, ne put en dire plus long, et elle prit aussitôt la tête du cortège.

Des armées de chauves-souris traversaient rapidement l'air qui devenait de plus en plus épais, et tout empesté de soufre. Des oriflans, des coqueci-grues et des serpents volants, porteurs de messages, passaient en sifflant comme des locomotives.

Enfin, pour arriver au château, que l'on voyait se dresser au loin, tout en acier, parmi les nuages rouges, il fallait encore parcourir toute une région d'usines, avec des cheminées fantastiques, où l'on fabrique l'arsenal des talismans.

Sur une enseigne on lisait :

ALCOFRIBAS PÈRE ET FILS.

Fabrique de baguettes magiques brevetées (S. G. D. G.).

Sur une autre :

MERLINSON AND C° (LIMITED).

A la renommée des anneaux enchantés, maison de confiance.

Une autre encore :

ABRACADABRA FRÈRES.

Distillerie d'eaux merveilleuses en tous genres.

MÉDAILLES A TOUTES LES EXPOSITIONS.

Et ainsi de suite à perte de vue.

En temps ordinaire cela aurait pu divertir les voyageuses, qui n'avaient jamais acheté leurs talismans que dans des magasins au détail. Mais la longueur du parcours, l'impatience d'arriver, et la curiosité impertinente de tous ces ouvriers barbus, noirs et hérissés qui se pressaient sur leur passage, les rendaient tout à fait malheureuses.

2

Elles arrivèrent pourtant à la porte du château d'acier, et là, au moment où elles croyaient être quittes d'ennuis, il leur fallut parlementer avec le portier, un vieil ogre au nez rouge barbouillé de tabac, plus désagréable et plus laid que le plus laid et le plus désagréable de tous nos concierges : dans le royaume des fées on ne fait jamais rien à demi.

On appela enfin un officier qui se montra fort obligeant et conduisit les quatre touristes, très émues, jusqu'au pied du trône de la Reine, qui était alors la bonne fée Urgèle.

Malgré la douceur et la sérénité de son visage, la simplicité de son costume gris souris, et l'absence de toute parure, Urgèle n'en semblait que plus redoutable. Les voyageuses commençaient à trembler un peu de l'avoir dérangée pour une cause aussi futile. Urgèle attendait.

« Parle donc, Colibri, dit Mab et poussant du coude sa voisine.

— Tiens ! parle donc, toi.

— Eh bien, parle, Violante.

— Pourquoi pas toi, Candide ?

— C'est toi, Candide qui as eu l'idée.

— Mais c'est toi, Mab, qui t'es vantée de la faire réussir. »

Heureusement, d'un sourire plein de charme, la Reine Urgèle rassura ses sujettes et descendit même les quelques marches de son trône pour les caresser et les flatter.

Dès qu'elles eurent exposé, parlant cette fois toutes les quatre en même temps, leur désir de changer un peu d'air, la reine leva les bras.

« Qu'est-ce qui vous manque donc, chères petites écervelées ? N'avez-vous pas tout ce qu'il vous faut ? que voulez-vous aller faire sur cette vilaine boule que nous avons quittée ?

— Voir ce que les gens sont devenus.

— Et dans quel pays voulez-vous satisfaire cette bizarre curiosité ?

— En France, naturellement !.

— Dans le pays du bon M. Perrault, qui a si bien raconté le *Petit Poucet*, *Chaperon Rouge*, et *Riquet à la Houppe*.

— Et de Mme d'Aulnoy, tiens ! qui a si fidèlement rédigé notre affaire de *l'Oiseau Bleu !*

— Et de Mlle Lhéritier, donc ! qui a si gracieusement conservé l'histoire de la *Chatte-Blanche*.

— Et de Mme de Beaumont aussi. Nous irions déposer de belles couronnes sur le tombeau de l'auteur de la *Belle et la Bête !*

— Ça, mes enfants, c'est une gentille pensée, mais cela ne suffira pas pour un voyage d'agrément. Qu'est-ce que vous comptez faire après ?

— Bien... mais... marier des fils de rois avec des bergères !

— Et des bergers avec de belles princesses.

— Mais, mes pauvres petites folles, il n'y a plus de rois, ni de princesses, ni de princes. Quant aux bergers, ils ont bien changé, ils ne portent plus du tout de rubans ni de bas de soie.

— Alors, cela doit être bien plus drôle, si cela a tant changé. Raison de plus pour que nous partions !

— Ah ! les folles ! les folles !

— Laissez-nous partir, gracieuse Majesté !

— Déliez-nous de notre serment, adorable Souveraine !

— Nous vous rapporterons de nouveaux joujoux, reine bonne et charmante, et nous vous ferons rire avec le récit de nos aventures.

— Eh bien, puisque vous y tenez tant, mesdemoiselles, tant pis pour vous. Je vous permets.

— Ah ! que la reine est gentille !

— Baisons-lui les mains et de tout notre petit cœur !

— Et partons !

Elles avaient déjà fait leur grande révérence quand Urgèle les rappela.

— Vous savez les conditions du voyage. Je ne puis vous délier de votre grand serment que si, tant que durera votre expédition, vous cessez d'être fées.

— Oh ! bien alors, dirent-elles toutes consternées, ce ne sera plus drôle du tout.

— Nous ne nous amuserons plus, dit Colibri en fondant en larmes.

— Nous n'aurons plus de pouvoir, remarqua Violante d'un air dédaigneux et colère.

— Nous ne pourrons pas faire de farces, dit Mab avec une petite moue.

— Comment ferons-nous du bien aux gens malheureux ? demanda Candide.

LA REINE URGÈLE.

La Reine eut un sourire.

— Candide, par cette bonne parole, tu viens de mériter pour toi et tes sœurs une récompense exceptionnelle. Je vous autorise donc à emporter un petit bagage de talismans, mais je vous avertis qu'ils ne pourront servir chacun qu'une fois. Et maintenant, gamines, amusez-vous bien, et revenez vite, » conclut-elle en remontant sur son trône après les avoir embrassées au front.

Elles firent, en s'en retournant, leur choix d'objets utiles chez Alcofribas père et fils, Merlinson and Cᵒ, et Abracadabra frères. Ce qu'elles mirent dans leurs malles, nous n'avons pas le droit d'y regarder, mais nous le saurons bien un de ces jours.

Pour ne pas être gênées pendant le voyage elles partirent habillées très simplement, sous la figure et le costume de quatre petites dames bien gentilles. Candide était une bonne blondinette en robe bleu marine, avec un chapeau de paille brune. Violante, en gros vert soutaché de noir, était coiffée d'une capote de velours grenat. Colibri en manteau de loutre et en toque de même, avec seulement un petit oiseau mouche le bec ouvert et les ailes déployées. Mab enfin, comme une jeune Anglaise, portait un costume de voyage à carreaux, un petit chapeau de matelot aux initiales H. M. S.; et était chaussée de bottines lacées.

Au moment où elles s'étaient bien installées en wagon toutes quatre fort à l'aise dans un compartiment seul, la porte s'ouvrit et un employé à casquette galonnée cria :

« Par ici, madame ! Y a de la place ! »

Et trottinant, geignant, soufflant, suant, se hissant, monta, armée d'un affreux sac de nuit, la fée Carabosse en personne. Les fées poussèrent un cri de surprise et de colère. Le train partit.

« Qu'est-ce que vous venez faire ici, horreur ? demanda Violante furieuse les sourcils froncés.

— Faire comme vous, mes chattes. Je savais bien que vous auriez grand plaisir en ma compagnie.

— Vous n'avez pas demandé la permission à la Reine !

— Je n'en ai pas besoin, hin ! hin ! hin ! Vous savez bien que je suis la seule qui n'ai pas fait de serment, han ! han ! han ! Et qu'on me laisse tranquille à cause de mon mauvais caractère, ah ! ah ! ah ! Cela sert quelquefois, de n'être pas tout sucre et tout miel comme les mijaurées, hi ! hi ! hi !

— Bah ! murmura Colibri à l'oreille de ses compagnes, nous trouverons bien un moyen pour la perdre dans la foule.

Là-dessus, elles tâchèrent de faire à Carabosse la meilleure figure possible, pour ne pas la rendre trop méchante, et quarante-huit heures après le train les débarquait toutes les cinq à la gare Saint-Lazare.

CHAPITRE II

INSTALLATION MOUVEMENTÉE.

 ORSQUE les fées arrivèrent dans la rue, elles se trouvèrent tout d'abord un peu déconcertées et embarrassées. Elles ne reconnaissaient guère le Paris qu'elles avaient quitté il y a cent ans.

Il commençait à faire nuit. Les grands réverbères de lumière électrique étaient allumés, et comme il venait de pleuvoir, ils se reflétaient d'une manière bizarre dans les flaques d'eau et sur le pavé mouillé. Une foule serrée grouillait dans tous les sens : c'étaient toutes les personnes qui, leur journée finie, s'en retournent dîner et coucher dans la banlieue, à Bois-Colombes, Asnières, Versailles, Argenteuil, Chatou, Nanterre !

Tous ces gens, chargés de petits paquets, traînant des enfants, courant tout essoufflés pour ne pas manquer leur train, ne faisaient guère attention à ce groupe de cinq étrangères, ou s'ils les remarquaient, c'était pour grom-

3

mêler et dire qu'elles encombraient la circulation. Et elles demeuraient là, poussées par les uns, repoussées par les autres, ne sachant quel parti prendre ni où se diriger.

Ce n'était pas qu'elles fussent particulièrement éblouies par toute cette lumière et ce mouvement, elles qui venaient des régions les plus lumineuses de l'univers et qui avaient traversé les horribles foules qui avaient voulu les empêcher d'atteindre le palais de leur Reine. Au contraire, ces abords si brillants de la gare leur paraissaient tristes et sombres comme une cave, et à leurs yeux obscurcis, cela ne faisait pas tant de différence qu'on peut supposer, avec leur Paris de jadis éclairé aux quinquets.

— Quel chemin prendre dans cette taupinière ? demandait Colibri.

— Je meurs de fatigue ! soupirait Candide.

— J'ai une faim atroce ! se plaignait Violante.

— Ah ! que j'ai soif ! disait Mab.

Carabosse ricanait suivant sa coutume.

— C'est vous qui l'avez voulu ; ne vous en plaignez pas.

— Ah ! çà, Carabosse, nous ne vous avons pas demandée. Vous pouvez bien reprendre le train.

— Des insolences, maintenant !

— Pécore !

— Magote !

— Oh ! Mesdames, mesdames, je vous en prie, s'écria Candide en joignant les mains et sur le ton le plus douloureux, ne vous disputez pas ! Je vous en supplie ! Nous allons nous faire remarquer.

— Insulter !

— Mettre au violon !

— Oui, mais alors, que faire ?

— Demandons notre chemin.

— Pour aller où ?

— N'importe où.

— Dans un bon hôtel.

— Dans un bon restaurant.

— Sortons d'abord un peu de la foule.

— Entrons dans un de ces cafés ; nous nous
reposerons et nous nous renseignerons.

Elles entrèrent dans celui qui leur parut le
plus propre ; on leur apporta de la bière ; cette
boisson fut insupportable à leurs gosiers délicats. Elles demandèrent de
l'eau pure ; le garçon leur rit au nez mais leur apporta cependant une
carafe. C'était de l'eau de la Seine ; elles pensèrent rendre leur cœur en voyant
distinctement tous les microbes qui pataugeaient dans cet épais
liquide.

Elles avaient eu beau faire tous leurs efforts, dans la combi-
naison de leur costume, pour n'être pas remarquées, et pour
ressembler aux premières passantes venues ; elles étaient si
jolies (nous ne parlons pas de Carabosse, bien entendu)
qu'on les regardait avec une curiosité qui les gênait fort.

— Voici, remarqua un des consommateurs, des provinciales qui sont bien mieux encore que des Parisiennes.

Très gênées de tous ces regards qui se tournaient vers elles, les fées vou-
lurent se lever et sortir. Comme elles ne pensaient pas à payer, dans leur
trouble, le garçon les interpella grossièrement. De dépit, Violante jeta sur la

table, en guise de paiement, un gros rubis qu'elle prit dans son petit sac magique.

— Nous ne prenons pas cette monnaie-là ! Attendez un peu !

Le patron avait fait signe à des agents qui passaient.

— Allons ! on s'expliquera au poste !

Carabosse se frottait les mains de l'air le plus joyeux du monde. La foule s'attroupait. Les fées étaient tout en larmes, sauf Candide qui, devant le danger, avait repris un peu de présence d'esprit. Violante, Mab et Colibri allaient se trouver mal, étouffées par les badauds.

Tout à coup un grand cri d'étonnement : les curieux demeurent les mains écartées et la bouche ouverte. Les quatre voleuses (c'est ainsi qu'on appelait déjà les pauvres fées) ont disparu soudain, et il ne reste que la vieille bossue qui se débat entre les mains des agents tout ahuris.

Carabosse n'est pas d'abord moins stupéfaite que les autres. Puis comme elle a réfléchi un moment, elle devine que ses compagnes ont usé d'un de leurs talismans. Elle lâche un très vilain juron, glisse à son tour entre les mains des sergents de ville, et on ne voit plus qu'un gros rat qui court, court, et disparaît dans une bouche d'égout.

Et nos quatre aimables amies, que sont-elles devenues ? Ah ! pour les retrouver, il faut que nous fassions en l'air un fameux saut. Vous ne pensez point, n'est-ce pas, que découragées elles s'en sont déjà retournées dans leur beau palais de nacre de perle incrusté d'or ? Notre histoire serait alors finie presque aussitôt commencée. Et puis, maintenant, elles sont délicieusement bien à leur aise.

Dans un grand traîneau tapissé de soie, elles grignotent d'excellentes confitures et boivent d'exquises limonades, citronades, orangeades et ananasades. C'est une délicate attention de la bonne fée Candide. Le traîneau vogue doucement au-dessus de Paris, dont il domine successivement tous les quartiers, pour qu'elles puissent aisément se reconnaître sans être gênées par la foule.

— Alors, comme ça, ma bonne Candide, dit Violante tout attendrie une fois par hasard, comme ça, c'est toi qui as eu l'idée de recourir à un de nos talismans pour nous tirer des horribles pattes de tous ces vilains animaux ? Étions-nous folles, tout de même, de ne pas penser à cela !

— Dame, dit Colibri, nous étions tout étourdies par ce voyage, cette arrivée, suffoquées par ces fumées de pipes, de cigares ; nous ne savions plus ce que nous faisions.

— Heureusement que nous n'avons pas suivi le conseil perfide de cette Carabosse de malheur, et que nous n'avons pas mis aux bagages nos petits sacs à talismans. C'était fini, fini ! Brrr ! J'en ai la chair de poule.

— Oui. Mais regardez, dit Mab. Si Candide n'avait pas eu son idée tout de suite, j'aurais tout de même perdu le mien. Voyez : un pick-pocket avait déjà coupé un côté de la poignée.

Et elle montra, tranchée net, la poignée de son
mignon sac de chagrin noir
à ferrures d'argent ciselé.

— Maintenant qu'allons-

nous fai-
re ? Où
allons - nous
descendre?

— Ah! bien, assez
de terre pour ce soir. Je
propose que nous passions la
nuit dans ce beau traîneau, enveloppées
de ces chaudes fourrures. Il ne pleut plus. L'air est très doux et les étoiles
scintillent si joliment! Allons-nous nous enfermer dans une vilaine chambre
d'hôtel ?

— C'est ça. Dormons ici.

— Bonne nuit.

— Bonne
nuit !

Et les fées s'endormirent, bercées par des musiques, mirlitons d'argent, trompettes de cristal, accordéons de velours et vielles d'ivoire, de l'invention de la fée Mab, et qui faisaient un quatuor à la fois très caressant et très comique, tel qu'on ne pouvait, à l'ouïr, que s'endormir en souriant et en faisant toutes sortes d'agréables songes.

Le lendemain matin, au petit jour, en se réveillant, elles trouvèrent, toujours grâce à la bonne Candide, un excellent petit déjeuner et un plan de Paris comme on n'en voit guère. Il indiquait tous les quartiers qui pouvaient intéresser des fées et ce que l'on trouvait dans chacun d'eux : ceux où il y avait le plus de pauvres, ceux où il y avait le plus de mauvais cœurs, enfin bien d'autres indications mystérieuses qui devaient leur être des plus utiles.

— Où allons-nous maintenant descendre nous loger? demanda Colibri.

— Dans un quartier bien pauvre, pour y faire beaucoup de bien, dit Candide.

— Ah! amusons-nous d'abord un peu! s'écria Mab.

— Et voyons quelques beaux magasins et de jolies toilettes, appuya la coquette Violante.

Pour cette fois Candide dut céder à la majorité.

— Quel est ce grand jardin au-dessus duquel nous sommes justement?

— Voyons le guide. Ah! ce sont les Tuileries, un des endroits où il se rassemble le plus d'enfants pour se promener et jouer dans la journée.

— Nous trouverons bien à nous loger dans le voisinage; il y a de très beaux hôtels; et nous aurons grand plaisir, en attendant d'autres aventures, à voir jouer tous ces enfants.

— Et à jouer même avec eux.

— Descendons. Il n'y a encore personne dans le jardin. On ne nous remarquera pas.

Elles descendirent doucement, et renvoyèrent bien à regret leur beau

traîneau; mais on se rappelle que leurs talismans ne pouvaient leur servir qu'une fois. Quand elles se présen-
tèrent dans un des meilleurs hôtels de la rue de
Rivoli, on les accueillit fort civilement, ce qui,
après leurs aventures de la veille, les surprit un
peu. Comme elles avaient belle mine, et que les
bagages qu'elles envoyèrent chercher à la gare ne
représentaient pas moins d'une vingtaine de
grandes malles, sans compter beaucoup d'autres
petites et un nombre extraordinaire de cartons à
chapeaux, on les traita avec une profonde considé-
ration.

Un magnifique appartement leur fut affecté; il
contenait tous les perfectionnements du confortable que l'on peut trouver dans les plus riches
auberges parisiennes. Mab surtout, grâce à son allure et à son costume
anglais, était traitée avec les plus respectueux égards. Cela
n'empêche pas qu'elles regrettaient un peu leur traîneau, et beaucoup leur palais.

Une fois qu'elles eurent changé leurs robes de
voyage contre de plus élégants costumes,
elles se trouvèrent sans courage ; elles
n'avaient presque pas envie de sortir, de
peur de nouvelles décep-
tions. Et très ennuyées, elles
se regardaient ne sachant
que faire.

Dans le salon, un petit

appareil appliqué à la muraille attira leur attention. C'était une sorte de pupitre agrémenté de divers boutons et ferrures, et portant, accrochés de chaque côté, comme deux grosses bagues d'acier avec des chatons noirs. Qu'est-ce que cela pouvait bien être ? Piquées par la curiosité, elles sonnèrent le maître d'hôtel, qui fit de gros yeux ronds d'étonnement à leur question.

— Mais, mesdames,... c'est le téléphone !

— A quoi cela sert-il?

— Ces dames veulent se moquer de moi?

— Mais pas du tout. Nous arrivons d'un pays où il n'y a rien de semblable.

— Eh bien... cela sert à communiquer avec qui on veut, où l'on veut. On n'a qu'à presser le bouton, comme ça, toc, toc, toc. Drelin. Alloh ! Alloh ! Je désire causer avec M. Un tel. Parfaitement. Drelin ! Alloh ! alloh ! C'est vous, mon cher ami? Comment allez-vous? Très bien, et vous?... Voilà, mesdames !

— Ah ! ah ! que c'est drôle, dirent Mab et Colibri en éclatant de rire, tandis que le maître d'hôtel se retirait un peu interloqué, et les croyant vaguement innocentes.

— Dis donc, Violante, nous avons mieux que cela, nous qui pouvons envoyer des messages à cent mille lieues à la seconde par des dragons ailés.

— Et obtenir la réponse immédiate par les génies de l'air.

— Seulement, reprit Mab en riant à belles dents, cela doit servir aux hommes à se dire joliment des mensonges, puisqu'ils ne se voient pas parler.

— Écoute, Mab, dit Colibri en riant encore plus fort, ce qui serait drôle, c'est si le téléphone, puisque téléphone il y a, transmettait, en même temps que leurs paroles, leurs véritables pensées.

4

— C'est une fameuse idée. Viens que je t'embrasse, Colibri ! Essayons ! Ce que nous allons rire !

Et Mab prit dans son petit sac noir un peloton de fil enchanté.

— Vous allez faire les méchantes encore, dit Candide, et causer toutes espèces de brouilles parmi les hommes.

— Tiens ! c'est justement cela qui sera drôle.

— Et puis, dit Violante, cela nous vengera de notre réception d'hier soir.

Candide se trouva encore seule de son avis, et avant qu'elle eût pu donner de bonnes raisons, Mab avait déjà lancé son peloton de fil rouge en l'air, disant :

— Par la vertu de mon peloton de fil, que cet appareil et tous ceux qui lui ressemblent fassent comme nous avons dit ! De plus, je veux que nous puissions voir et entendre d'ici tout ce qui se dira !

Là-dessus, voilà un bout du fil qui se déroule et s'introduit dans l'appareil à la naissance des fils électriques. Bientôt, quoique le peloton s'allonge, s'allonge, comme il se débobine avec une extrême rapidité, l'extrémité opposée a vite disparu dans le téléphone. Telle est sa vitesse qu'en moins de trois minutes il a parcouru tout le réseau de Paris, et qu'il reparaît, sa course finie, pour s'enrouler de nouveau comme un vulgaire peloton de fil qu'il est devenu, puisqu'il ne peut servir qu'une fois à un usage magique.

A peine les fées s'étaient-elles commodément assises dans de bons fauteuils pour mieux savourer le plaisir de leur indiscrétion que le téléphone leur apporta, précédé d'un tintement de timbre et d'un échange d'Alloh! alloh ! le bruit d'une conversation.

Le petit peloton de fil rouge avait si bien fait son office que l'on pouvait voir apparaître, sur le mur de la chambre, les personnages en même temps que l'on entendait leur entretien.

— Ah ! bonjour; c'est vous mon cher ministre ?

LE TÉLÉPHONE.

— C'est moi-même, mon cher député.

— Je viens vous rappeler cet ami que je vous ai recommandé l'autre jour pour la place que vous savez.

— Mais comment donc! C'est une chose entendue. Il peut compter dessus. Si tu crois, vieux serin, que je vais m'occuper de lui, il faut que tu sois le dernier des imbéciles, ou le premier.

— Je sais, parfaitement, aimable ganache, que tu mens encore comme un arracheur de dents. Mais j'espère bien avant quinze jours te prendre ta place à toi-même, et ton portefeuille avec.

— Ah! çà, monsieur le député, qu'est-ce que vous me dites donc?

— Eh bien, et vous-même?

— Vous êtes un drôle!

— Et vous un polisson!

— Vous aurez de mes nouvelles.

— Vous pouvez les garder pour vous. Elles doivent être fausses.

Mab, Colibri et Violante riaient aux larmes. La bonne fée Candide elle-même ne pouvait se retenir de sourire. Mais cette scène était à peine terminée qu'on entendait déjà une voix d'homme et une voix de femme.

— Alloh! alloh! donnez-moi la communication avec la grande maison de couture Fortenott et Compagnie.

— Parfaitement, madame. Drelin! Drelin!

— Alloh! c'est vous, M. Fortenott?

— Oui, madame la baronne.

— Vous êtes en retard, c'est impatientant. J'attends ma robe pour cette messe de mariage!

— On vous la porte en ce moment.

— Est-elle réussie, au moins?

— Oh! madame la baronne, admirablement. Elle vous ira à ravir! Elle est parfaitement ratée, mais ça ne fait rien, c'est toujours assez bon pour vous; et d'ailleurs, comme compensation, je vous la compte trois fois plus cher qu'elle ne vaut. Votre gracieuse personne qui ressemble à une planche mal rabotée sera fagotée là-dedans comme une poupée de treize sous.

— Eh bien! devenez-vous fou, M. Fortenott? Vous êtes un malappris et un voleur!

— Et vous une sorcière!

— Je vous ferai traîner devant les tribunaux.

— J'espère bien alors qu'ils me feront payer tout ce que vous me devez.

Là-dessus on entendit la baronne qui tombait en attaque de nerfs et le tailleur qui mettait trois de ses employés à la porte. Et le téléphone recommença son carillon. Ce fut un peu plus bref cette fois.

— Bonjour, cher ami. Nous déjeunons ensemble pour conclure notre grande affaire!

— Parfaitement. J'espère bien vous filouter.

— Et moi de même.

— Alors, à tout à l'heure.

— Il faut tout de même que vous soyez un rude niais pour parler avec cette candeur.

— Et vous, vous êtes encore moins fort que je ne croyais, ce qui n'est pas peu dire.

Cette conversation-là fut répétée plus d'une centaine de fois en cinq minutes, entre différents commerçants, financiers, hommes d'affaires, etc. Cela commençait à ennuyer fort les fées curieuses, lorsqu'un autre dialogue commença.

— Dites-moi, mon cher avocat, c'est aujourd'hui que vient ma cause.

— Oui, mon cher client, et j'étais encore en train d'étudier votre dossier.

— Nous gagnerons, n'est-ce pas?

— Oh! cela va sans dire! Nous sommes absolument sûrs de perdre, et cela m'est joliment égal pourvu que je touche mes honoraires.

— Eh! mais, monsieur, quelle est cette médiocre plaisanterie?

— Je ne plaisante pas du tout.

— Vous êtes une canaille!

— Et vous un gogo!

— Je vous donnerai une bonne paire de giffles comme honoraires.

— Faites donc, cher monsieur, cela rapporte encore bien plus qu'une mauvaise cause!

Les fées se regardèrent en souriant :

— Ils sont aussi intéressants les uns que les autres, dit Colibri.

— Écoutez! écoutez! s'écria Candide. Cette fois, mesdames les méchantes, vous n'entendrez pas de méchancetés. Voilà enfin des gens qui s'aiment bien. Que dites-vous de ces voix pleines d'affection et de ces sourires attendris?

— Chère Candide! répliqua Mab. Attendez donc qu'ils aient fini.

Les voix affectueuses disaient :

— Non, non, non, mon cher gendre. Il n'y a pas d'occupation sérieuse qui tienne. Il faut que vous dîniez avec nous ce soir!

— Puisque vous le voulez absolument, mon cher beau-père. D'ailleurs c'est un si grand plaisir pour moi que de me trouver en famille. Quelle corvée !

— Qu'est-ce que vous dites?

— Hum ! Je dis quelle corvée j'avais à faire ce soir et je vais éviter en votre aimable compagnie !

— A la bonne heure! Ah! mon brave garçon! Quand je pense que c'est dans huit jours que vous épousez ma chère Sophie! Et quel cœur vous avez! J'ai promis cent mille francs de dot, mais comme je ne les ai pas, j'espère bien ne pas même en donner la moitié. Qu'est-ce que cela fait? Vous aimez tant Sophie!

— Comment! cinquante mille francs! Et vous croyez que, pour ce prix-là, je vais épouser une jeune personne noire comme une taupe et spirituelle comme une grenouille empaillée?

— Vous êtes un misérable!

— Et vous un vieux filou!

— Ah! papa! papa! je me trouve mal !

— Calme-toi, ma fille, nous n'aurons pas de peine à te retrouver un autre mari qui vaudra ce vilain oiseau.

Ces petites scènes et beaucoup d'autres, encore bien plus bizarres, eurent lieu toute la journée. Le soir, Mab et Colibri s'amusèrent comme des folles en lisant dans les journaux, que par suite d'inexplicables dérangements dans les appareils téléphoniques, il y avait six cent quatre-vingt-dix-sept duels pour le lendemain, quinze cents procès en escroquerie, des altercations, des disputes, des coups de poing et des coups de pied dans toutes les rues de Paris, et enfin un nombre incalculable de mariages rompus.

Les fées, encore un peu fatiguées du voyage, se couchèrent de bonne heure, et tombèrent d'accord qu'il serait temps, dès le lendemain, d'employer leur congé à des choses plus sérieuses.

CHAPITRE III

UEL temps magnifique il faisait ce jour-là aux Tuileries! Un véritable temps de printemps, bien que l'on fût encore en hiver. L'air était d'une douceur suprême, et le soleil était si gai, le ciel si bleu, les oiseaux si gentiment sautillants, voltigeants et piaillants, que l'on se fût cru dans la plus belle saison, et que l'on ne songeait même point qu'il n'y avait pas la plus petite feuille aux grands arbres noirs, ni la moindre fleur dans les parterres proprement labourés.

Deux heures de l'après-midi allaient bientôt sonner; les gardiens du jardin se promenaient de long en large, tout raides dans leur bel uniforme, et n'ayant encore personne à gronder. Les loueuses de chaises s'apprêtaient, sûres d'avoir de l'ouvrage cette journée, rangeaient, époussetaient sièges de fer et sièges de paille, et les disposaient en armées bien alignées qui ne devaient pas tarder à être mises en déroute par les promeneurs.

Peu à peu les habitués arrivaient, petits garçons et petites filles, bien peignés et débarbouillés, dans leurs plus jolis habits des jours de beau temps. Ils étaient accompagnés de leurs mamans, de leurs bonnes, ou portés par d'énormes nourrices, ornées de rubans éclatants qui leur pendaient jusqu'aux talons.

Ils tenaient, suivant les âges ou les goûts différents : des hochets ou des anneaux d'ivoire mordus à belles gencives, les tout bébés ; plus grands, des cerceaux, des seaux et des pelles, des toupies, des charrettes ou des bateaux de tous les modèles imaginables, à vapeur, à voiles, à rames, simples coques de noix ou majestueux bâtiments de guerre. Il y avait même quelques cuirassés et un ou deux torpilleurs !

On commençait à bien s'amuser. Des cris, des rires retentissaient de tous les côtés de l'immense jardin. Partout des jeux s'organisaient sous l'œil attentif des mères, qui multipliaient les recommandations et les rappels à l'ordre. Enfin c'était une des meilleures journées, ou plutôt vraiment la première journée d'amusement et de grand air depuis le commencement de l'hiver qui avait été très rude. Aussi vous pensez si l'on s'en donnait !

Il n'y avait pas une demi-heure que toutes ces bonnes parties étaient engagées, lorsque quatre jeunes dames, auxquelles personne ne fit attention, firent leur entrée dans le jardin.

Une d'elles, qui avait un peu la tournure d'une jeune miss, dit quelques mots à l'oreille de la deuxième qui portait sur son chapeau un petit oiseau les

ailes tout ouvertes comme pour s'envoler. La dame à l'oiseau se mit aussitôt à
éclater de rire, tandis que les deux autres qui semblaient n'être pas dans le
secret, hochaient la tête et se regardaient d'un air surpris.

A ce moment, il se produisit un phénomène assez peu ordinaire au jardin
des Tuileries, comme d'ailleurs dans tous les jardins de Paris, qu'il vous
plaira.

Il y eut comme un instant de malaise, pendant lequel tous les promeneurs,

parents et enfants, se sentirent
tout drôles. On les voyait porter
la main à leur front avec le geste
des gens qui ne se rendent pas très
bien compte de ce qui leur arrive.

Au reste, cette espèce de choc
ne faisait aucun mal à ceux qui
le ressentaient, et comme il ne
dura qu'une ou deux secondes à
peine, tout recommença presque
aussitôt à bien marcher, et tout le
monde à s'amuser de plus belle.

Seulement les enfants étaient devenus très sérieux, même très graves. Ils
allaient et venaient à petits pas comme de grandes personnes. Les plus petits
poupons avaient sauté, avec une force extraordinaire, hors des bras de leurs
nounous, et maintenant ils se promenaient à leur tour, la marche très
assurée, regardant tout autour d'eux d'un air important et soucieux.

Et c'étaient, à présent, les mères, les bonnes et les nourrices qui couraient
et qui dansaient comme de petites écervelées, les papas qui jouaient aux
barres, à saute-mouton, ou qui dirigeaient les chaloupes sur les bassins.

Chacun était d'ailleurs parfaitement à son aise dans son nouveau rôle, et à part ce léger changement, on aurait juré que tout cela était le plus naturel du monde et qu'absolument rien d'inaccoutumé ne s'était passé. Au contraire, parents ou bonnes d'enfants acceptaient avec une complète docilité les observations, et baissaient la tête en suçant leur pouce lorsque, n'ayant pas été sages, ils s'étaient attiré une punition.

— Lili, est-ce que je peux jouer à courir ? demandait une maman très grassouillette à une toute petite fille blonde et pâle.

— Je veux bien.

Mais ne cours pas trop fort! Tu vas encore t'essouffler. Si tu vas trop loin, tu n'auras pas de sucre d'orge... Voilà que tu vas trop loin... Voulez-vous venir ici, madame! Oh! quelle insupportable maman! Bon, la voilà tombée maintenant!

— Oh! là là! que je me suis fait mal!

— Cela vous apprendra! Et sa robe, qui est toute pleine de poussière! Venez ici que je vous secoue un peu. Tu es dans un joli état. Pour ta peine tu n'iras pas à Guignol!

— Je ne le ferai plus, Lili, je ne le ferai plus! disait la maman en sanglotant. Pardonne-moi!

— Je vous pardonnerai demain.

Et comme les larmes redoublaient :

— Allons! je vous pardonne pour cette fois; mais tâchez de regarder un peu à vos pieds.

Un peu plus loin, une autre maman, grande et brune, traînait ses pieds d'un air paresseux, et en geignant tirait par son tablier un bébé de trois ans.

— Bébé!... Bébé!....

— Quoi?

— Je m'ennuie!

— Eh bien, amuse-toi.

— Je suis fatiguée.

— Il n'y a pas trois quarts d'heure que nous sommes sorties.

— Porte-moi. Je suis fatiguée.

— Oh! mon Dieu! quelle maman! Elle est toujours fatiguée, elle s'ennuie toujours, il faut toujours la porter.

— Porte-moi, dis?

— Non. Cours encore un peu. Va jouer, cela te fera du bien.

— Je ne veux pas courir. Porte-moi!

— Allons! je veux bien te porter, mais seulement pendant cinq minutes.

Et le bébé portait dans ses bras sa grande maman brune, avec autant de complaisance que de force. Pour le récompenser, la maman finissait par s'endormir, et refusait avec toutes espèces de cris et de grognements de se réveiller.

A chaque pas c'étaient de belles dames qui demandaient deux sous à leurs garçons ou à leurs fillettes pour acheter du plaisir, ou pour monter sur les chevaux de bois à ressort; et les enfants, après s'être fait un peu tirer l'oreille, donnaient toujours l'argent, et finissaient par prendre beaucoup de plaisir aux jeux de ces grandes personnes, tout en leur recommandant de ne pas faire marcher le cheval trop fort, de ne pas poisser leurs doigts et de ne pas les essuyer après leur robe. Cette dernière instruction n'était pas toujours suivie, ce qui occasionnait encore des fâcheries.

Il va sans dire qu'il y avait parfois des disputes entre les mamans qui jouaient à divers jeux : à cache-cache, à chat perché, à chat coupé, en un mot à tous les amusements qui tirent leur nom d'un matou quelconque.

— Vous avez triché, madame!

— Non, madame, c'est vous!

— Oh! la mauvaise et la menteuse!

— Et puis, d'abord, je vous défends de me tirer la langue!

— Et moi, je vais dire à ma fille que vous m'avez arraché mon manteau.

— Jeanne! C'est cette dame-là, la grande, là-bas, qui me bat!

— Ninie! C'est elle qui a commencé par me tirer la langue!

Alors Mlle Jeanne et Mlle Ninie prenaient parti, échangeaient des paroles aigres.

— Vous avez une mère qui est mal élevée, mademoiselle. Viens, mon trésor, je vais te trouver une camarade plus gentille et plus aimable.

— Elle est mieux élevée que la vôtre, mademoiselle! Quand on a une mère qui a un aussi mauvais caractère, on ne la laisse pas jouer avec les autres.

Là-dessus, les deux jeunes personnes se tournaient le dos d'un air très dédaigneux.

Heureusement, la plupart des dames s'amusaient d'une manière plus gracieuse, de façon à donner beaucoup de satisfaction à leur surveillante. Il y en avait qui sautaient merveilleusement à la corde, et c'était un grand plaisir de les voir à tour de rôle s'élancer et faire un grand nombre de sauts, tandis que deux petites filles de sept à huit ans tournaient avec une parfaite régularité et une force de poignet remarquable.

En général, les parties s'organisaient assez aimablement, et les mamans qui jouaient à la marchande, à la dame, ou à la maîtresse d'école, se cédaient volontiers chacune à son tour le rôle le plus important. Cependant, il en était qui se montraient plus hautaines et plus impérieuses, ce qui leur valait de la part de leurs filles plus sensées et connaissant mieux la vie, d'affectueuses remontrances. Une de ces grincheuses personnes s'attira une punition exemplaire, et bien méritée.

C'était une dame très richement vêtue, d'une superbe robe de soie grenat, toute couverte de passementeries et de broderies d'or. Elle était si vaine de sa personne qu'elle regardait à peine ses compagnes de jeu. Une autre dame, d'aspect très doux et très convenable, mais vêtue d'un costume noir très simple, vint lui demander avec un gentil sourire timide :

— Madame, voulez-vous me permettre de jouer avec vous ?

— Non, madame, répondit l'autre, vous êtes trop mal habillée et trop pauvre.

Cela fut dit d'un ton si sec et si cassant que la jeune dame en noir se sentit venir les larmes aux yeux.

La fille de l'arrogante joueuse avait justement assisté à la scène.

— Venez ici, dit-elle sévèrement.

La robe grenat s'avança de mauvaise grâce.

— Vous venez d'offenser gravement une personne qui vous avait parlé avec beaucoup de politesse. Vous allez lui demander pardon.

— Non, dit la robe rouge en trépignant.

— Vous ne voulez pas ?

ENFANTS ET PARENTS.

6

— Non, non, non !

— C'est bien. Allons, rentrons immédiatement à la maison.

Et la robe rouge brodée d'or suivit sa fille, la tête basse, mais en mâchonnant des paroles de colère. Elles sortirent du jardin.

D'autres personnes étaient également sorties des Tuileries malgré leur volonté, et vous ne devineriez peut-être pas lesquelles.

Aussitôt que le grand changement s'était produit dans le jardin, on avait vu s'introduire une dizaine de ces petits vagabonds de mauvaise mine à qui les gardiens ordinairement défendent l'entrée.

Ils n'étaient pas mieux mis qu'auparavant, mais ils avaient pris un grand air de dignité et d'autorité. Tout de suite, ils s'étaient mis à apostropher chacun un gardien, et à lui donner la chasse.

— Qu'est-ce que vous faites ici, mon garçon ?

— Comment ! c'est trop fort ! s'écriait le vieux brave en devenant, de colère, rouge comme une tomate. Ce que je fais ici ? Mais je garde, monsieur, je garde !

— Inutile. C'est nous qui gardons maintenant. Allez-vous-en d'ici.

— Ah ! çà, mais...

— Pas d'observations ! Allons ! filez ! et plus vite que ça ! ou gare !

Or, voilà-t-il pas les gardiens qui devant ce ton menaçant et résolu, se mettaient à courir et ne s'arrêtaient qu'en dehors des grilles ! Ils grognaient et soufflaient dans leur moustache, mais pas un n'osait rentrer.

Quant aux petits vagabonds, c'étaient eux qui avaient pris la police des Tuileries, et ils s'en acquittaient fort bien. Ils savaient fort à propos empêcher les dames trop turbulentes de monter sur les chaises, de casser les branches, ou de jeter des pierres dans les bassins. D'ailleurs ces enfants n'a-

vaient qu'à dire à leur maman ou à leur bonne : « Si tu es méchante, je vais te faire emporter par ce gentleman ! » et aussitôt la récalcitrante s'apaisait, tout effrayée.

Mais il était moins commode de venir à bout des nourrices. Elles étaient, pour la plupart, très bruyantes et mal élevées, et les pauvres poupons avaient beaucoup de mal à les faire tenir un peu tranquilles.

Elles jouaient comme des folles avec les loueuses de chaises, à se pousser, à se jeter par terre, à se faire des farces stupides. Les unes se servaient de

leurs larges rubans de couleur comme de guides pour jouer au cheval. Les
autres mettaient ces rubans en loques, ou allaient les tremper dans l'eau. Il
y eut des poupons à qui la patience échappa, et qui furent obligés de
recourir à quelques bonnes calottes. Les nourrices ainsi corrigées, poussaient des cris aigus, tapaient du pied rageusement, pleuraient, refusaient
de marcher, se faisaient traîner. Il y avait des rassem-
blements autour d'elles.

D'autres

rassemble-
ments se firent
aussi dans diverses
parties du jardin au-
tour de mamans qui
étaient perdues et qui ne
pouvaient ni retrouver leurs filles, ni dire leur adresse. A ce moment les
petits vagabonds gardiens intervenaient avec beaucoup d'obligeance, et
finissaient toujours par rendre les mères à leurs enfants alarmés.

Il est inutile de vous dire que le théâtre de Guignol fit, ce jour-là, comme
les autres, sa recette accoutumée. La seule différence, naturellement, fut que
les parents étaient assis, bien serrés les uns contre les autres, sur les petits
bancs, et poussaient de grands éclats de rire avec des bravos quand Polichi-
nelle faisait ses mauvais tours. Les enfants, au contraire, se tenant à l'extérieur, souriaient légèrement de voir les grandes personnes s'amuser de la
sorte.

Lorsque la représentation était finie, ils leur expliquaient les endroits de la
pièce qu'elles n'avaient pas compris.

La journée tirait à sa fin. Le soleil allait bientôt mettre son bonnet de nuit. Peu à peu l'on s'apprêtait à s'en aller, mais comme des cris se faisaient entendre du côté du grand bassin, la foule se porta par là.

En somme, il n'était pas arrivé grand chose, ou du moins on avait été quitte pour la peur. C'était tout simplement un papa qui était tombé dans l'eau. Son fils, un bambin de quatre ans à l'air très sérieux et très prudent, lui avait pourtant bien recommandé de ne pas trop se pencher pour lancer son petit bateau ; se croyant plus raisonnable, ce monsieur, barbu et ventru, n'avait tenu aucun compte de ces bons conseils, et floc ! il avait fait le plongeon.

Le bambin, après un moment de stupeur, s'était courageusement jeté à son tour dans le bassin et avait été assez heureux pour repêcher l'imprudent. Maintenant, sans songer à lui-même, il le secouait, l'épongeait, et en même temps le grondait de la belle manière. Le papa pleurait à chaudes larmes.

Quand on les vit sauvés tous les deux, les assistants organisèrent, autour d'eux, une ronde monstre en signe de réjouissance. Puis, soudain, la ronde fut interrompue par un choc semblable à celui qui avait signalé le commencement de la journée.

Sans y avoir rien compris, ni les uns ni les autres, les parents redevenaient maîtres de la situation, les enfants les suivaient docilement, les gardiens s'apprêtaient à fermer les grilles, et les nourrices se dépêchaient de rentrer pour ne pas être « attrapées ».

Et personne ne fit attention à quatre dames qui sortirent les dernières ; personne ne se douta que ces quatre dames qui s'étaient beaucoup diverties de tous ces changements et qui les avaient suscités, étaient la sérieuse fée Violante, la bonne fée Candide, cette espiègle Colibri et cette gamine de Mab.

CHAPITRE IV

VOYAGE AU ROYAUME DES LOQUES.

ANDIDE refusa tout net, le troisième matin, de sortir avec ses sœurs lorsqu'elles lui proposèrent, les unes d'aller voir les quartiers riches et les belles boutiques, les autres de chercher encore quelque tour risible à jouer à la population de Paris.

— Je n'ai pas encore eu un jour à ma guise, dit-elle. Colibri et Mab se sont amusées comme des enfants avec leurs téléphones et leurs nourrices. C'est un peu notre tour à Violante et à moi. Que Violante dirige aujourd'hui, et je demande demain pour moi.

— Ma foi non, dit Violante d'un air nonchalant. Je ne m'en sens pas la force. Tout cela m'ennuie au suprême degré. J'irai où Candide voudra qu'on aille.

— Alors, c'est ton jour, dirent Mab et Colibri à Candide. Dis-nous où tu veux aller.

— Voir les chiffonniers, dit Candide.

— Quelle horreur !

— Cela fait lever le cœur.

— Nous allons attraper des puces !

— Enfin qu'en dis-tu, Violante ? Tu restes muette dans ton coin ! Dis-lui donc qu'il y a de si jolis équipages à voir aux Champs-Élysées et au Bois de Boulogne.

— Je ne lui dirai rien du tout, répondit la dédaigneuse fée. Les chiffonniers et les beaux messieurs des Champs-Élysées me semblent aussi vilains les uns que les autres.

— Mais les chiffonniers sont plus malheureux, reprit Candide.

— Ah ! débarrassons-nous de ses chiffonniers et que cela soit fini ! dirent les deux fées espiègles d'un air de pitié.

Elles prirent toutes les quatre des costumes simples, de couleur sombre, et ayant consulté leur livre, elles se firent conduire en voiture jusqu'aux fortifications dans le voisinage de Clichy et de Levallois-Perret.

Au moment où elles sortaient de l'hôtel et allaient arrêter leur fiacre, un petit vieillard, en habit de velours à côtes et en casquette de commissionnaire, s'était approché d'elles et leur avait demandé si elles ne désiraient point un guide. Ce commissionnaire était bossu. Les fées ayant refusé ses services, il avait demandé au moins la faveur de leur fermer la portière et de donner l'adresse au cocher; puis il avait donné cette adresse en ricanant, et lorsque Candide avait cherché quelque monnaie pour lui, cet étrange commissionnaire avait disparu.

Les quatre fées eurent une même pensée et se regardèrent avec ennui.

7

— On dirait...

— Carabosse...

— J'allais te le dire !

— Si nous changions d'itinéraire ?

— A quoi bon ? Puisqu'elle sait maintenant que nous sommes ici ? Changeons plutôt de domicile.

— Et mes chiffonniers ? dit Candide. Ils ont faim !

— Fuir devant la fée Carabosse ! ajouta Violante avec un mépris suprême. Elle croirait que nous avons peur d'elle. Quelle honte !

— Cela ne fait rien, dit Colibri craintivement. Elle va venir nous retrouver chez les chiffonniers ; elle a à se venger de nous.

— Eh bien, dit tranquillement Candide, c'est à Mab de trouver une bonne malice à lui faire.

Cette dernière raison mit aussi Mab du côté des braves, et Colibri n'éleva plus d'objection, mais elle bouda tout le long du chemin.

Quand les fées eurent dépassé les fortifications arides et pelées, et qu'elles eurent fait un peu de chemin dans la banlieue, elles arrivèrent à un amas de masures et de taudis qui ne leur rappela pas précisément les palais de nuages roses, de cristal léger, et de pétales de fleur qu'elles habitaient encore quatre ou cinq jours auparavant.

Mais ce spectacle, ainsi que celui des misérables hôtes de ces baraques, ne produisit pas sur leurs nerfs délicats l'effet que vous auriez pu croire : le dégoût et le désir de s'enfuir en hâte. Candide avait eu soin de donner à respirer à chacune d'elles un petit flacon tiré de son sac à talismans, et qui contenait une certaine « essence de charité » qui donnait à ceux qui l'avaient sentie, une force toute particulière pour contempler avec une parfaite sérénité de cœur et d'âme, les plus horribles maux que l'on veut soulager.

Les quatre compagnes s'approchèrent donc de ce pâté de bicoques sans nom qui n'était ni une ville, ni un faubourg, ni un village, ni rien du tout.

Ces maisons, si on peut appeler maisons, ou même maisonnettes, des huttes délabrées, bâties avec des plâtras, des lattes, couvertes de vieilles

ardoises cassées, de papier goudronné ou de mauvais bouts de planches pourries, semblaient s'être construites au hasard dans ces terrains vagues, au fur et à mesure de l'arrivée de chaque habitant. Ni rues, ni numéros au-dessus des portes; souvent même il n'y avait pas de porte : comment y aurait-on mis des numéros? Ce qui tenait lieu de fermeture était une loque, un lambeau de tapis hors d'usage, une ancienne descente de lit archi-usée qui avait fait plus que son temps. Les fleurs, les oiseaux ou les ornements qu'on y voyait même si fanés et si sales qu'ils fussent, semblaient encore amener là un luxe déplacé.

Parfois ces masures étaient entourées d'un bout de terrain où l'on distinguait peut-être des efforts de culture, des commencements de choux ou des soupçons de salades, mais encore bien plus d'orties, de vieux chapeaux ou de tessons de bouteilles.

On n'entendait pas de chants ni de rires dans cet endroit qui paraissait affreusement désert. En revanche, de certaines bicoques sortaient de temps en temps des cris de disputes ; des voies enrouées d'hommes qui proféraient des mots abominables, des voix aiguës et cassées de femmes qui répondaient sur un ton furieux ou larmoyant, enfin des sanglots d'enfants interrompus brutalement par des bruits de gifles et de coups.

Ce pays sans nom, qui pourtant existait et existe encore, occupait un terrain de huit ou dix mille mètres à l'écart de la grande route, et il semblait abandonné et maudit bien que très rapproché de régions riches, puisque d'un côté, on distinguait, par-dessus les fortifications, les derniers étages de superbes hôtels, et de l'autre côté, au delà de la route, des avenues plantées d'arbres, des grilles de jolis jardins, des maisons de campagne d'une coquette architecture.

Personne ne semblait avoir affaire à cette Villa des Chiffonniers. Au contraire, on apercevait de loin les gens qui prenaient le chemin le plus long comme pour éviter la vue même de toute cette pouillerie. Enfin jusqu'aux chiens qui aboyaient à distance, mais se gardaient d'avancer jusqu'à une

portée de pierre : l'on aurait dit qu'ils avaient peur d'être en un clin d'œil attrapés, assommés, dépiautés et dévorés par les affamés qui se querellaient dans ces cahutes.

Des chiens, il y en avait pourtant deux ou trois, que l'on voyait errer mélancoliquement ou dormir sur les seuils ; mais ils étaient si efflanqués ou si galeux, qu'il n'y

avait pas de faim, si atroce qu'elle fût, qui aurait pu sentir là une nour-
riture. Vous ne croirez peut-être pas ceci, après une pareille description :
les fées virent aussi, entre les maisons, circuler une ou deux poules maigres
et un coq évidemment parvenu à l'extrême vieillesse, car il pouvait à peine
se tenir sur ses pattes. Comme ces volatiles, bien que passablement déplu-
més, avaient encore assez de plumes pour que l'on ne pût apprécier ce qu'il
y avait dessous, il est probable que s'ils jouissaient ainsi de leur liberté,
c'était pour la même raison que les chiens galeux.

— Nous allons entrer dans la première venue de ces cabanes, dit Candide
à ses sœurs qui ne purent réprimer une légère grimace.

— Alors ne nous séparons pas, dit Mab, pour qu'il ne nous arrive pas
quelque mauvaise aventure.

Là-dessus, elles pénétrèrent bravement en soulevant la première loque
qu'elles trouvèrent en guise de porte, car aux trois ou quatre maisons précé-
dentes lorsqu'elles avaient frappé en disant gentiment : « Peut-on entrer? »
personne ne leur avait répondu.

Le spectacle qu'elles virent tout d'abord était bien plus affreux encore que
celui de l'extérieur. Toute une famille (trois vieillards, un homme, une femme
et quatre enfants), occupait une seule pièce où s'entassaient des paquets de
chiffons qui répandaient une odeur beaucoup moins agréable que celle de
l'héliotrope blanc ou de « l'eau de Cologne russe », ainsi que disent les
parfumeurs, sans expliquer comment une eau peut être à la fois native de
Cologne et de la Russie.

On n'attendra pas que nous fassions la description du mobilier. Ce n'est
pas la bonne volonté qui nous manquerait pour cela, mais les meubles. Pour
lits, chaises et fauteuils il y avait des paquets de chiffons. Quant à une table,
c'est un objet qui tient bien de la place et qui est bien peu utile quand il est
si facile de faire une table du creux de sa main et de mettre le couvert sur

son pouce. De même, il n'est pas bien nécessaire d'avoir une batterie de cuisine complète et reluisante pour fricasser de vieux trognons de pain, accompagnés d'un oignon cru, d'un peu de charcuterie avariée et de pommes pourries.

Des trois aïeuls qui habitaient ce séjour, il y en avait un, une vieille femme, qui était couchée et qui toussait à rendre l'âme. Les deux autres travaillaient, comme le père et la mère, et comme aussi les enfants, à trier les appétissantes denrées qui composaient les tas. Il s'agissait de mettre à part, pour en faire des paquets, les chiffons de papier et les chiffons d'étoffes, les ferrailles et les vieux os. Cela faisait quatre marchandises différentes que l'on livrait à des industriels pour en faire toutes sortes d'objets neufs. Parfois les enfants malpropres portent ces objets à leur bouche.

Quant aux objets précieux, il s'en rencontre trop rarement dans les tas pour que cela rende les chiffonniers bien riches, et, d'ailleurs, comme ils sont honnêtes, ils les rapportent contre récompense. Cela leur fait bien une cinquantaine de francs tous les dix ans.

Lorsque les fées entrèrent, les chiffonniers étaient en train de se disputer comme des chiffonniers, pour un bout de papier rangé par mégarde parmi les bouts d'étoffe, ou pour un morceau de ferraille placé au milieu des os. C'était à qui accuserait l'autre d'avoir commis cette coûteuse erreur, et à qui se défendrait d'en être coupable. Comme il fallait bien, pourtant, que ce fût quelqu'un, l'on finit par distribuer aux quatre enfants, à tour de rôle, pour leur former le caractère et perfectionner leur talent dans l'art de trier les chiffons, un assortiment de claques et de mots plutôt désagréables.

Candide, les larmes aux yeux devant cette scène, s'apprêtait à intervenir en faveur des enfants, mais la surprise fut telle, en voyant entrer ces quatre belles dames, que la batterie s'arrêta net, et que les battus eux-mêmes oublièrent de continuer à pleurer.

Mais, devant la beauté, les riches costumes des visiteuses, les chiffonniers, une fois l'étonnement passé, prirent des airs sournois et mauvais.

— Qu'est-ce que vous venez faire ici? demanda brutalement le chef de la famille.

— Nous voulons vous donner de l'ouvrage, dit doucement Candide.

— De l'ouvrage ! nous en avons assez de l'ouvrage, reprit-il en montrant les tas. Et de la fameuse ouvrage encore ! Si vous voulez nous aider ? C'est-y pour ça que vous venez ?

— Ah ! merci beaucoup ! dit Mab en éclatant de rire, et avec une moue assez peu flatteuse.

— Qu'est-ce que vous avez à rire comme ça ? reprit l'homme furieux. Alors vous venez pour vous moquer de nous ! Attendez un peu, moi je m'en vas vous faire rire.

Il se leva d'un air menaçant, et prit contre la muraille son crochet le plus pointu. Les autres firent de même, et en un instant, les quatre fées virent huit crochets levés sur elles pour leur percer le crâne. Les enfants n'étaient pas les moins terribles à voir.

Candide et Violante, derrière lesquelles Colibri et Mab s'étaient cachées en poussant un petit cri de frayeur, demeurèrent tellement calmes, pour ne pas dire majestueuses, que les crochets s'abaissèrent tout doucement, et que l'on laissa parler la grande dame blonde et rose.

— Il faut pardonner à ma sœur, dit-elle sur un ton si sérieux et si bon, qu'aussitôt cette parole dite, les chiffonniers jetèrent leurs crochets dans un coin, et parurent soudain subjugués et honteux. C'est une étrangère et une enfant gâtée. Mais, pas plus elle que nous, ne sommes venues dans une intention de vaine curiosité ni de moquerie. Nous voulons, au contraire, adoucir vos misères, et vous rendre heureux.

— Vous faire faire un bon dîner! dit Mab.

— Vous donner beaucoup d'argent! dit Violante.

— Rebâtir vos maisons! dit Colibri, et faire pousser des arbres autour, pour les oiseaux.

— Vous débarbouiller! reprit Mab pour se venger un peu de sa peur.

— Allons! Mab, ne recommence pas à faire la taquine!

Les chiffonniers, maintenant, se tenaient bien tranquilles, et ne songeaient plus guère à frapper les quatre Parisiennes (ainsi qu'ils les supposaient) qui leur parlaient d'une voix aussi fraîche et manifestaient d'aussi bonnes intentions.

Comme ils restaient là, un peu embarrassés, et que les fées elles-mêmes, ne savaient pas trop par où commencer leur besogne, le chiffonnier en chef prit de nouveau la parole.

— Si vous vouliez, mesdames, nous sortirions un peu pour respirer; dehors c'est plus confortable que chez nous... Ça n'est pas pour vous chasser au moins!

LA VILLA DES CHIFFONNIERS.

8

— Sortons; et d'ailleurs cela nous permettra de voir les autres familles et de servir chaque personne suivant ses besoins.

Le chiffonnier, sur la demande des fées, battit un peu le rappel dans chaque masure, et quelques moments après, toute la colonie, une centaine de personnes : femmes, hommes, enfants, se trouvait réunie dans le grand terrain, transformé en place publique. On fit le cercle autour des « dames » et celles-ci pouvaient sentir braquées sur elles cent paires d'yeux brillants qui les examinaient avidement.

Que de maigreurs et de pâleurs tout cela faisait! Quels teints malsains! Quels haillons et quelle sordide malpropreté!

La fée Candide eut cependant la gentillesse de caresser et d'embrasser les visages tout morveux et teigneux des petits les plus proches d'elle, puis elle dit d'un air riant :

— Mes enfants, on vous a sans doute raconté des contes de fées... Lesquels connaissez-vous?

Ils ne répondirent pas et ils demeurèrent tout ébahis, comme si on leur parlait de choses qu'ils ignoraient.

— Voyons, n'ayez pas peur... Quels contes de fées savez-vous? Dites-le-moi, et vous verrez quelque chose de beau.

— Ah! bien! des contes de fées, bougonna une vieille femme à mèches de cheveux gris qui lui tombaient dans les yeux, si vous croyez qu'on va leur débiter de ces babioles-là! C'est bon pour les enfants riches. Si on leur contait des contes, ils ne travailleraient pas, ni nous non plus.

— Eh bien! s'ils n'ont jamais entendu de contes de fées, ils vont en voir se réaliser un, et vous aussi. Comme cela, ils sauront ce que c'est, les pauvres petits. Que voulez-vous que nous fassions pour vous? Voulez-vous, par exemple, avoir de jolies petites maisons comme les bourgeois qui habitent là-bas de l'autre côté de la route, avec un jardinet et une basse-cour à chacune?

— Mon Dieu, Candide, comme vous êtes bourgeoise ! Comme vous faites les choses médiocrement, interrompit Violante. Pendant que nous y sommes, donnons-leur au moins quelque chose qui en vaille la peine : de magnifiques hôtels avec parcs, voitures, grand train de domestiques, etc.

— Violante, tu manques toi-même d'imagination. Il faut donner aux protégés de Candide des palais richissimes avec toutes sortes de choses rares.

— A la bonne heure, Colibri, s'écria Mab en jetant des éclats de rire argentins, tu sais ce qu'il faut faire, toi ! Des palais éblouissants de princes orientaux ! Faisons d'eux des nababs, des radjahs, des satrapes antiques ! Pour ce que nous coûtent l'or et les pierreries, ne nous montrons pas chiches !

Et au moment où Candide allait tâcher de les ramener au bon sens, mais aussi à la minute même où les chiffonniers, les prenant décidément pour des farceuses, allaient cette fois leur faire un mauvais parti, Colibri et Mab cherchent chacune dans leur sac noir et argent une petite boîte, y puisent trois pincées de poudre qu'elles jettent en l'air... Voici les chiffonniers qui portent les mains à leur front, sentant brusquement s'opérer autour d'eux et en eux-mêmes une transformation surprenante.

Le ciel, qui était gris comme s'il était barbouillé de la poussière de leurs vieux chiffons, devenait du bleu le plus pur. L'horizon s'élargissait. A la place des fortifications, s'élevaient de délicieuses collines où poussaient à vue d'œil des arbres couverts de fleurs et d'autres ployant sous les fruits. De l'autre côté, à la place de la route et des petites maisons de campagne, s'était développé un grand lac sur lequel allaient et venaient des barques dorées avec des voiles de pourpre et d'azur.

Peu à peu, la Villa des Chiffonniers prenait aussi, pièce à pièce, un aspect nouveau. L'on voyait les orties, les mauvaises herbes et les maigres

salades, devenir des rosiers chargés de roses admirables, des jasmins, des
lys éblouissants de blancheur, ou des arbustes à fruits vermeils, faisant venir
l'eau à la bouche rien que de les regarder.

Les tessons de bouteilles et les vieilles écailles d'huîtres
s'arrangeaient tout seuls en riches porcelaines formant
les entourages des parterres.

Les poules maigres et le coq invalide étaient
maintenant des oiseaux au plumage infiniment
plus riche que celui de nos paons et de nos
faisans dorés; et en moins de trois minutes, ils
avaient pondu, couvé et fait éclore une quantité d'œufs, d'où
s'étaient échappés des oiseaux encore bien plus variés et plus
inconnus; depuis des tout petits, gros comme un grain de blé
avec des huppes immenses, jusqu'à des grands trois fois
comme le plus grand aigle et qui portaient sur
leur dos des palanquins pour vous conduire où
vous vouliez.

Vous auriez cherché en vain les vieux caniches
galeux de tout à l'heure, mais vous auriez vu des
lévriers superbes, des épagneuls avec des poils plus
fins que la plus fine soie, enfin, des panthères noires
apprivoisées, douces comme des moutons, et des cha-
meaux verts, roses, et gris perle, circuler par les rues.

Ce sont ces rues qui avaient changé aussi ! Chaque
cabane était remise droite sur ses pieds branlants. Les
murs de boue et de crachat avaient pris le poli et
la solidité du plus beau marbre ; les lambeaux de tapis étaient changés
en broderies de soie d'une couleur impossible à décrire, et d'un dessin

plus imprévu que les plus belles broderies japonaises. Ces tapisseries recou-
vraient des portes de bronze ou de fer ciselé, représentant de curieuses histoires. Les toits étaient de plomb doré qui jetait mille feux au soleil. Enfin, dans
chaque maison, les tas de chiffons et de rogatons avaient fait proprement
leur office : ils s'étaient changés en brocarts précieux et métamorphosés en
meubles, coussins, tapis moelleux ; les vieux os étaient devenus des ivoires
sculptés, les ferrailles des vaisselles d'argent et d'or rangées sur les étagères,
mais qui n'étaient pas là pour le simple ornement, car elles contenaient
des confitures et des vins délicieux.

Mais nous vous parlons beaucoup du pays et pas des habitants eux-mêmes.

D'abord, tout en gardant leur visage, leur langage et
leurs allures, car il n'était pas dans le pouvoir des
fées de changer instantanément le caractère et l'éducation des hommes, ils s'étaient trouvés à la première minute complètement décrassés, à la deuxième
en bonne santé et le teint vermeil, à la troisième
habillés richement, avec des pierres précieuses semées
à profusion sur leurs habits de soie, leurs chapeaux de
velours multicolores, et jusque sur leurs bottes de
peau d'Espagne parfumée. Leurs crochets étaient
devenus des cannes en bois précieux avec des pommes d'un
seul diamant.

En même temps, les plus agréables concerts retentissaient
dans les airs. Sur le lac, on tirait un feu d'artifice, oui, un feu
d'artifice en plein jour, qui était mille fois plus éblouissant que
ceux que nous allumons la nuit, car il était fait uniquement de rubis, d'éme-
raudes, de topazes, d'or et d'argent transparents, et tout cela retombait dans le
lac, mais ce n'était pas une perte, car on pouvait en avoir à volonté dans le pays.

Les fées s'amusèrent fort à voir tout cela avec leurs amis les chiffonniers, et passèrent quelques agréables journées, qui n'étaient en réalité que des instants assez courts, mais qui, par le pouvoir magique, semblaient durer très longtemps, car toute cette aventure se déroula tout au plus en deux heures. C'est pour cela qu'on ne s'en est jamais aperçu à Clichy-Levallois et que si vous interrogiez là-dessus un habitant du pays, il vous croirait légèrement fou.

Ce qui divertissait particulièrement ces incorrigibles Mab et Colibri, c'était le contraste entre la richesse des habits et la persistante vulgarité des tournures. Les chiffonniers se dandinaient gauchement dans leurs culottes de satin ou leurs robes de

soie. Les enfants, par habitude, se mouchaient dans leurs doigts et les essuyaient à leurs vestes brodées. A chaque instant, quand ils foulaient quelque riche tapis, ils prenaient instinctivement leur canne comme leur ancien crochet, pour piquer cette belle loque et la jeter derrière leur dos, dans une hotte imaginaire. Et c'est leur langage qu'il fallait entendre.

— Ohé ! la Malpeignée, tu es rudement chouette avec ta robe couleur d'arc-en-ciel !

— Eh ! là bas, le père la Chiffe, voulez-vous venir avec nous faire une ballade sur le lac ? Nous boulotterons des confitures de roses et nous sifflerons une chopine de vin de Syracuse.

— Ça va, ma vieille !

Et c'étaient des cris, des rires, de grandes claques sur l'épaule.

Mais peu à peu, à force de se promener sur le lac, de voir des feux d'artifice de pierreries, de manger des choses recherchées, et d'entendre des
concerts suaves, les chiffonniers ne tardaient pas à
languir et à ne savoir que faire de leur personne. Ils
étaient tout désœuvrés et tenaient des conciliabules
mystérieux, au bout desquels leur roi (c'était le chiffonnier chez qui les fées étaient entrées) vint trouver
leurs bienfaitrices et leur demanda, s'il n'y aurait
pas moyen de lui rendre, pour quelques heures, son
habit de travail, avec la permission d'emporter une
centaine de pièces d'or.

— Et pourquoi faire ? demanda Candide.

— Dame ! c'est que si j'allais comme cela à Paris,
les gamins me prendraient pour un déguisé, et me crie-
raient après.

— Mais pourquoi aller à Paris ?

— Pour rapporter quelques charretées de chiffons, afin
de nous occuper un peu, — et une provision de saucisson à l'ail, qui
manque totalement ici.

Colibri se mit à rire de la mine déconcertée de Candide. D'autres chiffonniers et chiffonnières arrivaient suppliant les fées :

— Oui, oui, remettez-nous dans notre premier état ! nous nous ennuyons
trop.

— Alors, dit Candide en revenant à son idée, voulez-vous être de bons
petits rentiers ?

— Non, non, chiffonniers ! chiffonniers !

À contre-cœur, Candide usa d'un de ses talismans pour rendre à la Villa, à peu de chose près, son aspect primitif. Mais elle eut soin de laisser aux habitants une petite provision d'argent pour se payer quelques douceurs, et elle leur annonça qu'elle leur assurait du travail pendant de longues années, avec le pouvoir, pour leurs enfants, d'arriver à de bonnes situations par la volonté et l'intelligence, de sorte qu'à l'heure actuelle, chez les plus pauvres chiffonniers de Paris, grandissent probablement de grands industriels futurs, ou des chefs d'État, ou des artistes remarquables.

Les chiffonniers remercièrent chaleureusement les fées de leur bonne quoiqu'inutile visite.

Au moment où elles prenaient congé, on vit arriver par la route une vieille petite chiffonnière, la hotte sur l'épaule, mais si mal bâtie qu'on croyait bien que la hotte servait à cacher une bosse. Elle agitait son crochet et faisait les grands bras.

— Ne les écoutez pas, mes amis, vociférait-elle. Ce sont des intrigantes ! Elles sont de la police et viennent pour vous faire toutes sortes de misères ! Il faut leur voler leurs sacs et les rouler, ces gueuses, dans vos plus sales tas d'ordures !

C'était Carabosse qui était un peu en retard, ayant perdu du temps à se procurer une hotte et un crochet, et à méditer quel mauvais tour à jouer à ses amies.

— Qui est-ce qui parle de voler ici ? demanda le chiffonnier que nous connaissons. Est-ce que nous sommes des voleurs ? Et qui est-ce qui appelle des ordures nos marchandises ?

— C'est notre ennemie, murmura Colibri, sauvez-nous monsieur le chiffonnier !

9

— Ayez pas peur ma petite dame. Allons ! bien le bonsoir, mesdames, et si vous revenez par ici, ça nous fera bien plaisir de vous revoir. Maintenant, les amis, au tour de la Carabosse !.

Tandis que Candide, Violante, Mab et Colibri s'en allaient rapidement pour se reposer de cette matinée à surprises, les chiffonniers s'étaient tous pris par les mains, et ils dansaient autour de la perfide bossue une ronde, une farandole effrénée !

Chaque fois qu'elle voulait partir, se glisser entre les anneaux de cette chaîne humaine, les danseurs la renvoyaient dans le cercle à grands coups de pied quelque part. Carabosse écumait de rage. Quand la danse fut finie, ils la retinrent prisonnière encore trois ou quatre jours et la forcèrent à travailler. Elle les menaçait des sortilèges les plus épouvantables, mais ils lui riaient au nez, car les chiffonniers n'ayant pas grand'chose à perdre, il n'y a pas grand'chose non plus qui leur fasse peur.

CHAPITRE V

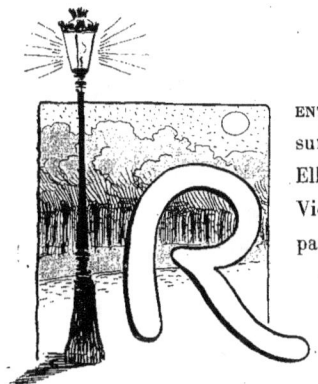 ENTRÉES dans Paris, les fées se firent conduire, sur le désir de Violante, aux Champs-Élysées. Elle était plus sérieuse encore que de coutume, Violante, et ses compagnes remarquèrent qu'elle paraissait froissée et mécontente.

— Voyons, chère Violante, lui demandaient-elles, avec des câlineries, que t'avons-nous fait ?

— Mab et Colibri ont dit que je n'avais pas d'imagination, finit par avouer Violante d'un ton piqué.

— C'était pour rire. Pardonne-nous.

— Je vous pardonnerai si vous me laissez faire mon caprice...

— Nous t'écoutons.

— Eh bien, cette vieille envieuse de Carabosse reviendra certainement nous harceler. Elle sait notre domicile. Quittons le voisinage immédiat des Tuileries, et venons nous installer ici, dans le haut des Champs-Élysées.

— S'il n'y a que cela pour te faire plaisir...

— Mais pour prouver que j'ai autant d'esprit que vous, laissez-moi vous construire et vous aménager notre nouvelle habitation. Voulez-vous être bien gentilles ? Faites un petit tour dans l'avenue, comme de simples flâneuses, et venez me retrouver ici dans quelques minutes.

— C'est dit, ma bonne Violante, répliquèrent les fées en l'embrassant comme pour un long voyage.

Quand elles se furent bien promenées, elles revinrent fidèlement à l'endroit du rendez-vous; mais elles furent bien désappointées en ne retrouvant pas leur sœur.

— Pourvu qu'il ne lui soit point arrivé malheur !

— Ou que cette méchante Carabosse ne soit pas revenue lui jouer un mauvais tour !

— Elle est peut-être ennuyée du voyage. Elle sera partie sans nous le dire.

— Oh ! certainement non. Elle nous aurait prévenues; elle est dédaigneuse, mais elle a trop bon cœur au fond pour nous faire cette peine.

— Merci, Candide, répliqua la voix de Violante. Comme c'est vilain, Colibri, de dire du mal de moi !

— Mais alors pourquoi jouer à cache-cache ?

— Je ne me cache pas !

— Pourquoi te faire invisible avec nous ?

— Je ne suis pas invisible.

— Où es-tu donc ?

— Ici, à côté de vous, dans notre palais.

— Allons! bon! qu'est-ce qu'elle chante avec son palais ?

— Enfin ! Vous ne voulez donc pas me voir ? Je suis à la fenêtre.

Les fées regardèrent les fenêtres de toutes les maisons et hôtels voisins.

Il y avait beaucoup de gens qui prenaient l'air : des gros messieurs, des jeunes filles en belles toilettes, mais point de Violante.

— Et qui vous parle des hôtels de l'avenue ? C'est infiniment trop mesquin. Nous ne serions pas chez nous, avec les voisins, les concierges, les fournisseurs !

Il n'y a pas de danger que nous soyons dérangées ni inquiétées dans le palais que je me suis aménagé, et où vous allez venir me tenir compagnie à l'instant.

— Eh bien où est-il, ton palais, à la fin ?

— Dans le réverbère, à côté de vous. Il vous crève les yeux. Vous ne me voyez donc pas à la fenêtre ?

— Où ça ?

— Plus bas... Encore plus bas ! tout au pied ! Là vous y êtes. Ce n'est pas malheureux.

Les fées aperçurent, en effet, en se baissant, et encore parce qu'elles avaient une vue extraordinairement fine, une espèce de petit point qui remuait.

— C'est Violante ?

— Elle-même !

— Comment veux-tu que nous entrions?

— Baissez-vous ! Au-dessous de ma fenêtre, il y a une porte cochère. Du bout du petit doigt, vous n'avez qu'à toucher le marteau. C'est une porte de mon invention : aussitôt qu'on l'a touchée, elle fait devenir les gens assez petits pour qu'ils puissent pénétrer dans mon palais.

Chacune à son tour, les fées touchèrent de confiance l'invisible marteau de l'invisible porte, et se trouvèrent soudain si menues, que d'en bas les promeneurs leur paraissaient grands comme des maisons, et les maisons comme les plus immenses montagnes.

Elles virent alors que la porte cochère était merveilleusement ciselée et sculptée des plus belles scènes qui se puissent imaginer, et que le reverbère, transformé en une très haute tour, était de même couvert, du haut en bas, de ces ciselures et de ces peintures trop délicates pour être vues par les gros yeux des hommes, de sorte que pour les passants, il demeurait un réverbère semblable à tous ses voisins. Cette tour était, par rapport à la taille des fées rapetissées, mille fois plus haute que la Tour Eiffel par rapport à notre taille, c'est-à-dire qu'il faudrait supposer, pour l'équivalent, une tour de trois cent mille mètres.

Aussitôt qu'elles furent entrées, les trois fées poussèrent un cri d'éblouissement, tant c'était joli ! Elles se jetèrent dans les bras de Violante et la caressèrent bien tendrement. Mab elle-même, sans aucune jalousie, s'avouait vaincue sous le rapport de l'imagination.

Le bas du réverbère était occupé par un très vaste hall, tout tapissé des fleurs les plus rares et les plus chatoyantes, orchidées aux mille formes et aux milles couleurs, dont les pétales et les corolles semblaient des milliers et des milliers d'yeux tendres et de bouches souriantes ; tout cela formait la plus jolie et la plus changeante décoration.

Les meubles, cela va sans dire, étaient tout en or massif et couverts de riches coussins, mais leur valeur venait bien plus de la difficulté du travail

que de la matière elle-même, car malgré la quantité des objets, on n'avait
guère employé plus d'or qu'il n'y en a dans trois ou quatre pièces de vingt
francs. Il y avait, pour l'usage des fées réduites à leur nouvelle taille, des
fauteuils grands comme le bec d'un oiseau-mouche, et des canapés grands
comme l'aile d'un hanneton. L'on s'y trouvait assis très à son aise et
d'ailleurs ces meubles, pour plus de commodité, prenaient toutes les formes
du corps suivant la pose que l'on choisissait.

Au-dessus de ce hall fleuri, se trouvait une belle salle à manger, avec des
servantes recouvertes de mets excellents, et qui se renouvelaient d'eux-mêmes
aussitôt entamés, tout en prenant chaque fois qu'on y revenait un goût
différent et toujours de meilleur en meilleur. Des fontaines de vins jaillis-
saient à différents endroits, et on n'avait qu'à y puiser avec de petits gobelets.
Enfin, il y avait tout autour de la pièce des arbres toujours couverts de fruits
de toutes sortes; et il suffisait, étant à table, d'étendre la main du côté du
fruit qu'on désirait, pour qu'il se détachât tout seul de son arbre et vînt se
placer dans votre assiette, cru ou cuit selon votre désir.

Tout cela était si menu, si mignon, qu'auprès de ces arbres un brin de
mousse aurait paru grand comme un chêne.

Les fées pouvaient, si elles voulaient, coucher dans le hall du rez-de-
chaussée, ou dans des chambres séparées qui formaient l'étage au-dessus de
la salle à manger. Chacune de ces chambres était une merveille. Celle de
Violante était rouge et verte; celle de Candide blanc et argent; celle de
Colibri, mauve et or; celle de Mab, de toutes les couleurs de l'arc-en-ciel.

L'étage encore au-dessus était une galerie de peinture, seulement une
galerie de peinture comme on n'en voit guère : les quatre murs en étaient
tout gris et tout unis, mais le spectateur y voyait apparaître toutes les images
qu'il désirait y voir suivant sa fantaisie et lorsque, par hasard, il avait l'esprit
paresseux et ne souhaitait rien de spécial, les images qu'il apercevait alors

étaient juste celles qui pouvaient lui être le plus agréables. Comme chacun voyait pour son compte des choses différentes de son voisin, il ne pouvait pas y avoir de discussions, ni de fâcheries.

Cette salle de peinture se trouvait au-dessous d'une salle de musique dont Violante avait réservé la direction à la fée Mab ; et cette salle de musique se trouvait elle-même au-dessous d'une bibliothèque qui contenait des milliers de volumes dans des coques de noisettes parfaitement sculptées et pourvues de rayons épais comme des ailes de mouches ; et cette biblio-thèque se trouvait au-dessous d'une salle de gymnastique

et d'escrime, qui se trouvait au-dessous d'un manège, avec de beaux petits chevaux, grands comme des puces, lequel manège se trouvait au-dessous d'une salle de bains, qui se trouvait au-dessous d'une salle de repos, qui se trouvait au-dessous d'une salle de danse, qui se trouvait au-dessous d'un magnifique observatoire vitré, qui était la lanterne même du réverbère.

Cela faisait, comme vous voyez, douze étages bien comptés, et vous allez me dire que c'était une absurdité, car vous pensez à la fatigue que devaient éprouver les petites fées pour grimper le long de leur immense tour, de leur chambre à leur salle de bain, ou pour descendre de leur bibliothèque à leur salle à manger.

Mais croyez-vous donc que Violante n'avait pas pourvu à tout cela, et de la façon la plus commode? Dans l'épaisseur même du bronze du réverbère fonctionnaient des ascenseurs minuscules, en nombre suffisant pour que l'on pût se rendre d'une pièce dans l'autre sans jamais se gêner mutuellement.

Ces appareils montaient et redescendaient avec une rapidité extrême, mais avec une telle douceur que l'on ne s'apercevait même pas qu'on était en marche.

En visitant chacune de ces belles salles, les trois camarades de Violante lui faisaient maints compliments et maintes caresses.

— Mais, comment as-tu imaginé tout cela? C'est délicieux ! Nous aurions envie de vivre ici très longtemps. On y est si bien!

— Oh! c'est tout au plus un simple pied à terre, en atten- 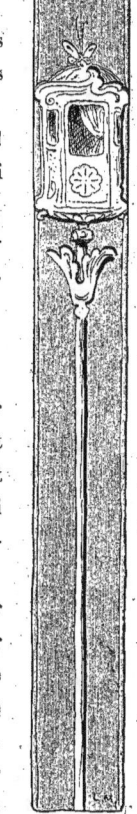 dant la fin de notre congé. Nous nous y ennuierions bien vite.

— Bon ! Voici Violante qui recommence déjà à s'ennuyer.

— Pas encore !

— Mais bientôt.

Malgré ces promesses d'ennui, les fées passèrent dans leur palais plusieurs journées des plus agréables. Elles ne se lassaient pas de leur beau hall fleuri, si bien aménagé pour le repos et les longues causeries amicales, ni de leur salle de visions, ni de la salle de musique où Mab leur donnait les plus char- mants concerts.

D'ailleurs elles sortaient de temps en temps, reprenant leur taille naturelle, pour se mêler un peu à la foule, et aller comme de simples provinciales, visiter les monuments de Paris qu'elles n'avaient pas vus, je vous l'ai dit, depuis une centaine d'années. Elles retrouvaient, avec un nouveau plaisir, leurs édifices préférés : Notre-Dame, la Sainte-Chapelle, la tour Saint-Jacques, l'hôtel du musée de Cluny. Mais les monuments nouveaux leur paraissaient si grossiers et si affreux, qu'elles rentraient bien vite dans leur réverbère, où elles se trouvaient mieux que partout ailleurs.

Elles avaient bien soin de n'ouvrir leur porte qu'aux heures où il ne passait personne, car cela aurait éveillé l'attention des badauds et amené les tracasseries de la police, de voir ces quatre dames paraissant tantôt rentrer sous terre, tantôt sortir du pied d'un réverbère.

Quand elles se mettaient à leur fenêtre, il n'y avait pas de danger qu'on les aperçût tant ces fenêtres étaient petites (à peine comme le trou d'une fine aiguille) et le dessinateur qui illustre ce conte a été obligé de grossir les personnes et les objets d'une manière formidable. Elles pouvaient aussi se promener à l'extérieur de leur tour de bronze. Il y avait, d'étage en étage, des balcons et des terrasses. On pouvait y prendre le frais et regarder les passants, mais sans courir aucun danger d'être inquiété par eux.

En effet, toutes les fois que quelqu'un s'approchait de trop près, soit un vagabond fatigué pour s'appuyer contre la colonne, soit un gamin pour jeter contre, une balle ou des cailloux, soit un employé de la Compagnie du gaz pour frotter et nettoyer, aussitôt les charmantes terrasses et les fins balcons capricieusement forgés rentraient par un mécanisme aussi prompt que délicat dans l'épaisseur du bronze et ne sortaient qu'une fois le péril passé.

Vous vous demanderez, par exemple, comment les balustrades pouvaient ainsi sortir et rentrer sans qu'on vît rien changer à l'aspect du réverbère.

Faut-il vous répéter qu'on n'aurait pu percevoir tous ces détails qu'avec un verre grossissant, dix mille fois plus puissant que ceux avec lesquels M. Pasteur étudia les farces et les entrechats de ses microbes, ou que celui qui nous permettra, lors de la prochaine Exposition universelle, de voir la lune à un mètre, et peut-être même de faire la causette avec ses habitants ?

Sur l'extrême sommet de la tour, c'est-à-dire sur l'élégante couronne crénelée qui surmonte la lanterne, Violante avait fait établir un grand jardin où les fleurs abondaient en toute saison. Les fées aimaient beaucoup s'y promener, et vus d'en haut, les badauds avaient de très drôles de figures.

Seulement il n'était pas toujours prudent de se hasarder dans ce parterre, surtout quand il faisait un peu de vent. Il fallait alors, pour n'être point enlevée, se cramponner à une sorte de canne de promenade, qu'on enfonçait à chaque pas dans le sable des allées.

Or, une après-midi, les fées étaient montées dans leur jardin, et s'amusaient à faire de beaux bouquets, lorsque le vent se mit à souffler. Heureusement elles avaient leurs cannes et elles jouaient comme des folles à se sentir à moitié soulevées et à livrer leur chevelure au souffle de l'air.

Cependant cela devint peu à peu une véritable bourrasque, et les imprudentes commençaient à être inquiètes, car il y avait encore un peu de chemin à faire avant d'arriver au prochain escalier de descente.

— J'aurais dû, dit Violante, remédier à cela. Faut-il que j'aie été sotte! Il est nécessaire que je fasse construire au-dessus de ce jardin, une voûte d'air solide qui nous préserve du vent et de la pluie. Voyez-vous... comme cela..., tout autour!...

— Ah! Mon Dieu.

— Ah! la pauvre Violante!

— Ah! c'est affreux! Que faire?

En disant : « Comme ça... tout autour... » Violante avait fait un geste de démonstration et lâché sa canne. Le vent en avait profité pour l'enlever comme un petit duvet.

Et Candide, Mab et Colibri restaient là, sans pouvoir la secourir ni la rattraper, pleurant à chaudes larmes, se tordant les mains, perdant la tête.

Pour que l'on comprenne bien le danger, il faut expliquer que les fées ne pouvaient reprendre leur grandeur naturelle qu'en sortant par la porte sculptée qui était au pied du réverbère, car Violante, dans sa construction n'avait pas prévu qu'on pourrait jamais s'en aller par un autre côté. De cette façon, elle était condamnée, enlevée par le vent, à se promener dans l'espace, à peine grosse comme le plus petit des plus petits riens du tout.

Les trois fées s'empressèrent de redescendre dans leur tour pour chercher leur sac à talismans afin de se mettre à la recherche de leur pauvre amie.

Elles frétèrent en deux secondes un petit char magique, dirigeable, et se pourvurent de lunettes d'approche qui permettaient de voir, à de grandes distances, la plus fine poussière de l'atmosphère.

Mais elles en furent pour leurs efforts. Le char allait bien aussi vite que possible dans la direction qu'avait prise Violante, mais tantôt il la dépassait, tantôt il était dépassé par elle.

SUR LA TERRASSE.

Et un moment arriva où elle finit par se
perdre parmi toutes les petites pous-
sières et les petits moucherons invisibles. Les fées durent renoncer à la
saisir, et rentrèrent chez elles,
désespérées.

Pendant ce temps, voici ce
qui arrivait à Violante.

Elle avait bien vite repris tout
son sang-froid, mais cela n'en valait guère mieux.

Tout d'abord, le vent l'emporta d'un
coup jusque sur l'Arc-de-Triomphe,
mais elle n'y resta pas bien longtemps, car
un autre tourbillon la rapporta dans l'avenue,
et la déposa sur la barre d'une fenêtre où une
jolie jeune fille, en peignoir de soie, prenait
l'air. Violante se trouva d'abord perdue dans les plis du peignoir; puis elle parvint à se dégager et à marcher sur le bras de la jeune
personne.

— J'ai une puce! s'écria celle-ci, et si Violante n'avait pas sauté, au
risque de se rompre le cou, elle aurait été écrasée en effet comme une
véritable puce.

De là, le vent revint la prendre en flanc tandis que la jeune fille fermait
sa fenêtre, empêchant ainsi Violante d'attendre tranquillement dans un coin
du salon que la tourmente fût passée.

Elle fut transportée jusqu'au jardin du Palais-Royal où elle entra de force
dans le nez d'un petit poupon. Mais le poupon, chatouillé, éternua si bruyam-

ment qu'elle fut délivrée aussitôt de cette étrange
caverne, où il faisait très humide.

Enfin une dernière bourrasque
l'emmena au-dessus du Jardin
des Plantes et la laissa retomber
dans la crinière d'un lion, où
elle la reprit pour la mettre dans
l'oreille de l'éléphant, et enfin
de là sur le bec lisse et glissant
d'un canard au beau milieu d'un
bassin.

Le vent avait cessé; Violante finit
par aborder la rive. Mais comment
rentrer à la maison ?

Elle mit plusieurs journées à faire un tout petit bout de chemin, et elle
commençait à se désespérer lorsque par bonheur elle se trouva face à face,
ou nez à bec avec un petit rouge-gorge.

Elle avait jadis appris le langage des oiseaux, et elle
se souvenait d'assez de mots pour se faire comprendre.

— Mon cher petit rouge-gorge,
veux-tu être bien gentil?

— Oui, oui!

— Il faut que tu me prennes sur ton
aile et que tu me transportes jusqu'au dix-septième
réverbère à droite dans l'avenue des Champs-Élysées,
en allant à l'Étoile.

— Je veux bien, cuic, cuic, cuic!

— Pour ta peine je te donnerai deux grands baisers, un sac plein de millet, et les plumes de ta queue deviendront tout en or.

— J'aime mieux pas de plumes d'or, mais quatre baisers et deux sacs de millet, tiou! tiou! tiou!

Le marché conclu, le chemin fut vite fait.

Avec quel bonheur Violante ou-vrit-elle sa porte! Mais le cœur lui battait. Si elle n'allait pas retrouver ses sœurs!

Aux trois premiers étages, elle ne rencontra personne!... Enfin arrivée dans la galerie de peinture, elle les vit, endormies. Elles étaient couvertes d'habits de deuil, et s'étaient réfugiées dans cette salle, uniquement pour pouvoir évoquer à chaque instant le portrait et l'histoire de leur pauvre Violante.

— Comme il y avait plus de huit jours qu'elles n'avaient fermé l'œil, elles venaient seulement, brisées de fatigue et de chagrin, de se laisser terrasser par le sommeil, avec de grosses larmes au coin de l'œil.

Violante s'approcha d'elles à petits pas. Puis elle les embrassa ten-drement en buvant leurs larmes.

Elles se réveillèrent et ce fut grand'fête.

Le rouge-gorge, qui se morfondait à la porte, comme un pauvre petit cocher oublié, fut prié de monter après avoir, comme de juste, diminué considéra-blement de grosseur. On le choya fort, et il se trouva si bien, les fées aimèrent

11

tellement sa gentillesse, qu'il ne voulut plus les quitter, et que dorénavant, tantôt sur l'épaule de l'une, tantôt sur le chapeau de l'autre, tantôt dans le manchon de Candide, il devait les accompagner dans toutes les promenades qu'il leur restait à faire.

— Ah! que nous sommes heureuses! répétaient Mab et Colibri. Il faut, pour nous remettre de toutes ces émotions, que nous inventions une bonne farce aux habitants de Paris!

CHAPITRE VI

 A commença chez une petite fille, une petite fille de dix ans, généralement très sage, ce qui lui donnait le droit de se montrer très sévère avec sa poupée, mais non moins juste.

Depuis quelques minutes, son déjeuner terminé et ses leçons apprises, elle se consacrait à l'éducation de « sa fille » et faisait les plus louables efforts pour orner le cœur et l'esprit de cette jeune personne, et la façonner aux bonnes manières. Mais ce matin-là, cela n'allait pas.

La mère était une grosse petite blonde, très disposée à rire, malgré ses airs de sévérité. La fille était une maigre petite brune, en porcelaine, avec des yeux rageurs et une bouche serrée.

La mère enseignait à sa fille comment on doit s'asseoir quand on va dans le monde, c'est-à-dire le buste bien droit, les talons réunis et les mains sur les genoux. La poupée, au contraire, s'entêtait à se placer d'une toute autre façon : la tête sur le siège du fauteuil et les jambes en l'air.

Ce n'était pas la première fois qu'elle se livrait à cet inqualifiable exercice, mais ordinairement, après deux ou trois bonnes remontrances, elle demandait pardon, tout était oublié, et elle consentait à se tenir comme tout le monde. Cette fois, ni menaces ni prières n'y pouvaient faire.

— Mais enfin, qui m'a donné une fille pareille! s'écria la Blondine exaspérée. Mademoiselle ! pour la dernière fois, voulez-vous mieux vous tenir !

La poupée fit la culbute, ce qui ramena normalement sa tête en haut et ses pieds à terre. Puis elle croisa les bras, regarda fixement et, d'une petite voix sèche et saccadée que la fillette n'avait jamais entendue, elle articula :

— Je-m'-tien-drai-comm'-ça m'-plaira! -Na !!

Oh ! ce : Na ! il était si dur, si volontaire et si insolent, que la mère en fut tout ébaubie, et que l'indignation lui coupa la parole.

La petite brune en porcelaine profita de ce silence et de cette stupéfaction pour ajouter, avec une volubilité extraordinaire, comme si elle parlait sans points et sans virgules :

— Et puis j'en ai assez à la fin je m'ennuie ici comme une grenouille dans un bocal on me fait de la morale et on me prive de dessert je ne peux pas aller me promener quand je veux ni me tenir les jambes en l'air quand c'est si bon pour ma santé aussi comme je ne suis pas un chien une prisonnière ou une esclave je m'en vais faire un petit tour dans la rue je reviendrai quand je voudrai vive la liberté bonsoir.

Sur ce beau discours, cette révoltée tourna sur ses deux talons, et se dirigea vers la porte, sans que sa petite mère, trop surprise et trop chagrinée, songeât à la retenir.

Avant de sortir, elle se retourna un peu, et cria sur un ton de commandement :

— Ah ça ! êtes vous prêtes, vous autres?

Une dizaine de voix un peu étouffées, lui répondirent :

— Oui, oui. — Nous voici. — Attends-nous un peu. — Je ne peux pas ouvrir la porte. — Ouf ! Ça y est ! — Je passe mon jupon. — Je cherche ma jambe. — Et moi mon bras. — Les voilà ! — Nous y sommes. — En avant !

Des portes d'armoires s'ouvrirent sous une pression intérieure, ainsi que la porte du cabinet noir qui contenait les vieilles poupées. Alors on vit apparaître toutes les filles, poupées, poupons et poupards de la pauvre grosse petite blonde, rangés en aussi bon ordre que possible, avec un air très belliqueux. Il y en avait qu'elle reconnaissait à peine, les ayant oubliés depuis deux ou trois ans, et d'autres, les préférées, dont elle n'aurait jamais attendu une aussi vilaine conduite.

Elles passèrent devant elle la tête haute, le regard méchant et moqueur. Il n'y avait pourtant pas de quoi faire tellement les fières. Les unes avaient perdu leur perruque et l'on voyait leur cervelle de liège. Les autres portaient des robes fanées et déchirées, et encore elles étaient moins bien partagées que certaines, qui avaient une camisole et pas de jupon, ou bien un jupon tout seul, et pas de camisole.

Une d'entre elles avait une jambe arrachée ; elle la portait précieusement sous son bras et marchait à cloche-pied. Sa camarade, qui ne possédait

qu'un bras à sa place, avait fourré l'autre dans sa poche, à cause de la pré-
cipitation du départ.

On en voyait même une qui s'avançait seule, et qui semblait l'objet du
plus grand respect de la part des autres : elle tenait sa tête
dans le giron de sa robe, tout comme Monseigneur Saint
Denys.

Toutes, malgré leurs blessures, allaient au pas, comme
si elles partaient pour la guerre. Il y en eut qui montrè-
rent assez d'ingratitude et d'arrogance pour saluer ironiquement leur maîtresse et même (je ne sais pas si je dois
le dire) pour lui tirer la langue, ou esquisser un pied de
nez à son adresse.

Un poupard de carton fermait la marche cahin-caha et
risquant à chaque instant de trébucher sur son nez camard. Il paraissait
encore plus enragé que les autres, et il vociférait toutes sortes
de menaces ridicules ; on aurait juré qu'il avait trop bu.

Au moment où il passait devant la petite
fille, elle lui jeta un regard de reproche.

— Et toi aussi, tu me quittes, dit-elle. Il ne
manquait plus que cela ! Pourquoi, pendant
que te voilà si en train, ne fais-tu pas comme
les autres, un pied de nez ?

— Parce que je n'ai pas de bras, répliqua ce grossier personnage en fran-
chissant la porte.

Alors ce fut un tapage étrange dans l'escalier. Sur tous les paliers, les
portes s'ouvraient avec fracas, et on entendait des cris de colère, des pleur-
nicheries ou des éclats de rire, suivant le caractère des familles. De tous

les appartements, depuis le sixième étage jusqu'à l'entresol, les poupées émigraient en masse.

Sur les marches, leurs petits pieds de porcelaine, de bois ou de carton faisaient un bruit qui ressemblait à la grêle qui tombe sur un toit. Elles chantaient gaîment, se tenaient bras dessus bras dessous, s'interpellaient les unes les autres, et, d'une petite voix grêle, argentine, éraillée, pointue ou nasillarde, s'adressaient des plaisanteries de poupées, c'est-à-dire des choses qui ne seraient pas bien drôles pour vous ni pour moi, mais qu'elles comprenaient entre elles, et qui faisaient leur joie.

Les parents et les enfants se penchaient sur l'escalier pour les voir défiler ; mais il leur fallait se tenir à la rampe ou se cramponner au bouton de la porte, sans cela ils auraient été entraînés par ce torrent de poupées. Les parents avaient plutôt l'air de trouver cela très curieux et très amusant, tandis que les petites filles, désolées ou furieuses, ne voyaient pas partir leurs poupées sans un soupir ou sans quelques paroles de dépit. Mais, à mesure qu'elles regardaient, elles ne pouvaient s'empêcher de rire, tant ces fantoches étaient comiques, avec leurs allures de fier-à-bras.

On avait d'abord essayé de retenir de force les fugitives, mais on n'avait eu bientôt plus envie de recommencer. En effet, elles s'étaient échappées des mains qui les saisissaient, avec une force étonnante. Les unes vous glissaient entre les doigts comme des anguilles, les autres vous partaient au nez comme un ressort, ou gigotaient si énergiquement que, de peur d'un coup de poing ou d'un coup de pied, il fallait bien se décider à les lâcher.

Les chiens avaient fait aussi le possible pour les ramener ou les effrayer. Ils aboyaient furieusement contre elles et s'élançaient pour les mordre, tout au moins pour les saisir par le pan de leur robe. Mais ils recevaient, de ces petites mains sèches, de si bons coups, et si bien appliqués sur le museau qu'ils s'enfuyaient bien vite en hurlant de douleur, tout honteux et la queue entre les pattes de derrière.

La descente continuait donc en dépit de tous les obstacles, et jamais on n'aurait cru qu'il se trouvait tant de poupées dans une seule maison. Les grandes descendaient à califourchon sur la rampe. On aurait dit qu'elles sortaient à chaque instant des murs ou qu'elles pleuvaient du ciel, tant elles étaient en troupe serrée.

Les poupées en caoutchouc ou en tricot étaient de véritables clowns. En manière de bravade elles criaient :

— Eh ! youp là ! Je parie que je saute du haut en bas sans me faire de mal.

Et en sifflant de toute la force du sifflet de fer-blanc qui se trouve dans leur poitrine de caoutchouc, elles s'élançaient en effet du troisième, du quatrième et même du sixième étage par la cage de l'escalier et retombaient gracieusement sur le sol, en rebondissant, et en faisant : « Pî-Tiou ! »

Il y eut des étourdies et des vaniteuses, des poupées en porcelaine qui dirent : « J'en ferais bien autant ! » et qui, vexées de voir rire à cette parole les sauteuses en caoutchouc, se précipitèrent à leur suite dans le vide. Elles se rompirent tout bonnement la tête, et demeurèrent sur le carreau. Leurs petites mères eurent du moins la triste consolation de remonter celles-là à leur domicile, et de les rappeler à la santé à force de soins et de colle-forte, tandis que les autres passaient la porte cochère, courant à leur destinée, et que la maison demeurait déserte.

Toutes ces rebelles rencontrèrent dans la rue des troupes semblables, débouchant de chaque maison, et qu'elles accueillirent par de grands saluts, des bras levés en l'air, des chapeaux agités, des cris de « Vive la liberté ! » et de leur côté, les autres troupes leur firent, au nez des passants étonnés ou égayés, des cérémonies pareilles.

Pendant que ce mouvement s'organisait, la fée Mab et la fée Colibri, en observation sur la plus haute plate-forme de leur réverbère, interrogeaient l'horizon, et se chuchotaient en souriant des choses qui les amusaient fort.

— Cela va être très drôle !

— C'est Candide qui va ouvrir ses grands yeux !

— En attendant, elles n'arrivent pas. As-tu assez jeté de poudre magique aux quatre points cardinaux ?

— Plus qu'il n'en faut.

— Jettes-en un peu encore !

— C'est inutile, voici que cela commence. Regarde là-bas, en haut de l'avenue.

— Descendons vite, et allons chercher Candide et Violante, pour sortir ensemble et organiser la résistance !

Ces mystérieuses paroles échangées, elles allèrent presser leurs sœurs de sortir du palais pour voir du nouveau. Toutes les quatre ayant donc repris la taille et l'allure de personnes ordinaires, se dirigèrent vers l'Arc de Triomphe.

A ce moment circulait et grouillait, entre les quatre pattes de l'énorme porte de pierre, une sorte de nappe ondoyante que l'on aurait pu de loin prendre pour une armée de rats. Cette fourmilière s'étendait à chaque instant, et occupait bientôt presque toute la place. On apercevait les passants trébucher et se ranger sur les trottoirs ; les omnibus et les voitures s'arrêter ; plusieurs chevaux de selle prendre le mors aux dents.

— A la bonne heure, expliqua Mab à Violante et à Candide intriguées !

12

ces braves petites poupées s'organisent à merveille, et nous n'aurons presque plus besoin de les exciter.

— Oui, ajouta Colibri, c'est Mab qui a eu la plaisante idée de donner
un jour de liberté aux poupées de Paris. Et si
on leur résiste, c'est la guerre!

— La guerre à outrance!

— Ah ! les folles ! les folles ! dit Candide à Violante ; j'ai bien peur qu'elles ne
deviennent jamais raisonnables !

— Nous l'espérons bien, répondirent Mab et Colibri, en ne
se tenant plus de rire.

En attendant, la troupe massée sur la place
de l'Étoile, commençait à descendre le long
de l'avenue des Champs-Élysées. Tout le monde se mettait aux fenêtres pour
les voir passer.

C'étaient toutes les poupées de Passy, d'Auteuil, de Courcelles, des Ternes
qui s'étaient ainsi rassemblées. Nous croyons même qu'il y avait quelques
campagnardes de Neuilly, et peut-être aussi une délégation de Courbevoie.

Naturellement sur leur passage triomphal elles recrutèrent toutes les poupées
des Champs-Élysées, et des quartiers environnants.

Au moment où la tête du cortège atteignit la hauteur du Palais de l'Indus-
trie et arriva devant les théâtres de Guignol, dont les directeurs étaient
encore absents, puisque c'était le matin, les acteurs s'agitèrent frénétiquement dans leurs boîtes, dont ils firent sauter les couvercles. Ils levèrent
eux-mêmes la toile, et s'accoudèrent au rebord de la scène pour mieux
voir passer l'armée, qu'ils acclamèrent le plus galamment du monde.

Mais, n'y tenant plus, ils sautèrent à bas des baraques et, à la grande joie

LA RÉVOLTE DES POUPÉES.

des poupées, marchèrent en avant. Les Guignols et les Guignolets, les marquis et les mères Michel, les juges, et jusqu'aux gendarmes eux-mêmes, ce qui était un grave cas de conseil de guerre, se tenant par le bras, en chaîne, formaient une avant-garde burlesque, qui barrait toute la chaussée, et ils exécutaient les cabrioles les plus ridicules, aux sons des cris aigus des Polichinelles.

Le rassemblement général avait lieu sur la place de la Concorde. On vit peu à peu arriver, par le pont, les révoltées du Jardin des Plantes, du Panthéon, de Vaugirard, de Montrouge, des Invalides, de Grenelle.

Par la rue de Rivoli débouchèrent celles de la Bastille, du Château-d'Eau, de Ménilmontant, de Belleville et de la Villette, du boulevard Sébastopol.

Par la rue Royale, celles de la gare du Nord, de la Chapelle, de Montmartre, de Batignolles et des quartiers de l'Opéra et de la Madeleine.

Les poupées s'étaient évadées également, comme vous pensez bien, de chez les marchands de jouets, autant du moins qu'elles l'avaient pu, car dès les premiers symptômes de révolte, ces marchands s'étaient empressés de fermer leurs boutiques. Mais, vers le milieu de la journée, elles firent un tel tapage, qu'il fallut aussi les laisser échapper. C'est ce qui explique que certaines ayant emporté subrepticement des fusils, des charrettes et réquisitionné quelques chevaux de bois, les choses se gâtèrent et même parfois tournèrent au tragique dans le courant de l'après-midi.

Quand tous les quartiers furent présents, la place de la Concorde offrit le plus curieux spectacle : beaucoup de poupées s'étaient juchées sur les balustrades qui ornent la place, assises, les jambes pendantes. D'autres avaient grimpé on ne sait comment, probablement en se faisant la courte échelle, sur le piédestal de l'obélisque, sur les grandes statues des Villes de France, qui disparaissaient complètement sous cette invasion. Enfin d'autres prirent un bain forcé dans les vasques des fontaines ; mais, comme il ne faisait pas froid, elles ne s'enrhumèrent pas.

A un signal donné, toute la foule entonna un formidable chant de guerre. Seulement, comme les poupées, même celles qui portent des moustaches, sont des poupées, c'est-à-dire des demoiselles, dans leur ignorance elles mettaient tous les mots de la chanson au féminin. Il en résultait quelque chose à peu près comme ceci :

> Aux armes, citoyennes !
> Formez vos bataillonnes.
> Marchonnes ! Marchonnes !
> Qu'une sange impure
> Abreuve nos sillonnes !

Comme cela, on aurait pu croire qu'elles étaient toutes du Midi ; mais c'était bien beau tout de même.

A peine ce chant fini, et bissé, il se produisit un mouvement du côté de la Seine. C'étaient les poupées nageuses qui arrivaient de Bercy, où elles s'étaient toutes réunies, ayant la coquetterie de ne pas vouloir prendre la terre ferme comme tout le monde. Et c'était merveille de les voir fendre l'eau, en troupe rapide et serrée, comme un banc de petites sardines. Quand elles débarquèrent, on leur fit une fameuse ovation.

Mais ce n'était pas tout de se rassembler ainsi. Il fallait manifester, et défiler tout le long des grands boulevards.

Pour que la manifestation fût vraiment grandiose, il était préférable de se diviser par corporations différentes. Tout d'abord cela ne se fit pas sans confusion et sans brouhaha. Mais Colibri et Mab, qui circulaient librement à travers cette foule où les simples passants ne pouvaient pénétrer, déployèrent, à aider les opérations, une telle activité qu'il suffit d'une heure à peine pour que tout se présentât en un ordre parfait. Et croiriez-vous que Candide et Violante elle-même finissant par s'amuser de ce manège, mirent la main à la besogne !

En tête s'avançaient, afin que l'on vît que ce n'était pas une manifestation pour rire, toutes les poupées moustachues et celles qui portaient des fusils ou des armes quelconques. Elles montraient, rien que par leur mine, qu'en cas d'attaque on pouvait compter sur elles, et qu'elles n'étaient pas poupées à reculer.

Venait ensuite un fort bataillon de poupées négresses, montrant leurs dents blanches et roulant de gros yeux, pour indiquer qu'elles étaient les turcos

de l'affaire, et qu'elles constituaient, pour les poupées armées, un solide renfort.

Après ces corps d'utilité, on pouvait, par coquetterie, faire passer les corps de luxe. C'est pourquoi la troisième série fut formée des grandes dames.

Toutes les poupées revêtues de velours ou de soie, portant des face-à-mains, des bracelets, des chaines de montre, coiffées, sur leurs fines perruques, de grands chapeaux ou d'élégantes capotes, chaussées de bas de soie et de souliers de peau, étaient rassemblées. C'était tout à fait joli de les voir s'avancer non-chalamment, en faisant des grâces, en penchant la tête, en s'appelant : « Ma chère ! » en jouant de l'éventail, en portant leurs lorgnons à leurs beaux yeux, ou leurs mouchoirs de batiste parfumée à leur nez, à cause de l'odeur des négresses.

Ces grandes dames précédaient immédiatement les actrices ou les costu-

mées. Et c'étaient les Mascottes, les Grandes-Duchesses, les Madame Angot, les Miss Hélyett, les Jolies Parfumeuses, les Merveilleuses, ou plus simple-ment les Cantinières, les Pierrettes, les Arlequines, les Alsaciennes, les Folies, les Paysannes, les Magiciennes, etc. Toutes ces demoiselles étaient tout à fait dans l'esprit de leur costume ou de leur rôle, et chacune chantait l'air le plus connu de la pièce, ou la chanson consacrée du personnage qu'elles repré-sentaient.

Comme elles chantaient toutes ensemble un air différent, cela faisait un effet un peu risible, mais plus harmonieux qu'on pourrait le croire.

Avec des petits gestes et de petits cris bizarres et gracieux, relevant en plis moelleux leurs longues robes multicolores, s'avançaient ensuite les Bébés japonais !

Oh ! le merveilleux coup d'œil que de voir toutes ces frimousses rieuses,

avec leurs yeux en amandes, leurs fossettes, leurs cheveux noirs et plats, rabattus sur le front, ou relevés sur la nuque en chignons serrés et piqués de superbes épingles ! Et quels charmants mouvements ils faisaient, quelles danses étranges ils dansaient. Leurs costumes, même les plus simples, étaient délicieux. Sur les étoffes s'étalaient à foison les papillons et les fleurs aux plus riches et aux plus vifs dessins.

Les poupards de quatre sous formaient un intermède. Ils marchaient en titubant, en se cognant les uns contre les autres, comme un troupeau de pingouins, ou comme les rivaux dans une course en sacs.

On aurait pu les utiliser — et c'est du reste ce qu'on fit plus tard — en guise de tambours. Car à chaque saut qu'ils faisaient, les grelots et les cailloux qu'ils avaient dans leur corps de carton sonnaient le creux, et l'on entendait un Ron plon plon ! incessant.

Chose curieuse, c'étaient les poupées parlantes qui parlaient le moins : la langue des autres s'était tout d'un coup déliée, tandis qu'elles, qui savaient déjà un langage, semblaient avoir été incapables d'en apprendre un autre. Aussi elles marchaient à part, bien sages, et de temps à autre, faisaient entendre avec ensemble leur cri de « Ma-maaan » et de « Pa-paaa! » dans un doux et monotone bêlement.

Les demoiselles de caoutchouc et de tricot dont nous avons déjà indiqué les gymnastiques exploits, contrastaient par leurs allures turbulentes avec le paisible bataillon qui précédait. Elles jouaient à se pousser, à sauter les unes par dessus les autres, à rebondir le plus haut possible, à lancer les sifflements les plus assourdissants, de véritables sifflements de locomotive. Elles avaient d'ailleurs la plus mauvaise tenue, et elles n'étaient pas très jolies à voir, avec leurs faces toutes grises.

L'avant-dernier bataillon, qui n'était pas le moins curieux, était celui des poupées de deux sous, des petites poupées de bazar, taillées à coups de serpe, et dont les jambes et les bras grossièrement articulés semblent faits avec des bouts d'allumettes. Elles marchaient avec des gestes raides et sautillants, et faisaient entendre un sec cliquetis ; on auraient dit une armée de petites sauterelles.

L'arrière-garde était à elle seule presque aussi nombreuse que le quart de l'armée entière, car elle se composait de toutes les mutilées, infirmes et invalides, qui avaient tenu à prendre part à cette glorieuse journée. Ces vénérables débris n'étaient pas les moins exaltés, et c'étaient eux qui faisaient entendre les plus terribles menaces de vengeance, ne parlant de rien moins que de couper en quatre les hommes, les femmes ou les enfants qui ne salueraient pas sur leur passage. Et pourtant, parmi ces éclopées, il y en avait de si malades qu'on avait dû les entasser dans les charrettes, brouettes et autres véhicules de poupées. Le voyage était même tellement fatal à quelques-unes, qu'elles perdaient en route le reste de leur son ou de leur sciure de bois et qu'elles arrivèrent complètement vidées, à peine à la Madeleine.

Le défilé fut magnifique et comme il n'accusait, en somme, malgré les cris et les chants, que des intentions assez pacifiques, chacun agitait son mouchoir à la fenêtre et applaudissait ces braves poupées. Les gardiens de la paix, étaient les premiers à rire de cette manifestation, et même ils se tordaient les côtes à faire éclater leurs ceinturons.

Les poupées parcoururent ainsi toute la ligne des boulevards, jusqu'à la place du Château-d'Eau, où il était convenu qu'on se disperserait pour rentrer chacune chez soi.

Ainsi la journée finissait le plus heureusement du monde, si elle n'avait été attristée par un événement déplorable vers cinq heures du soir.

La plupart des manifestantes regagnaient leurs domiciles. Beaucoup étaient même déjà rentrées. Seule une bande de trois ou quatre cents mauvaises têtes, composée en majeure partie de poupées en bois, en carton pâte, en caoutchouc et de poupées négresses, avec quelques bébés japonais, s'obstina bruyamment à redescendre les boulevards et à interrompre la circulation des voitures et des piétons qui avait pu recommencer aussitôt le torrent passé.

Les chevaux prenaient encore de grandes précautions pour ne pas écraser ces factieuses, et les promeneurs avaient la bonté de se détourner en souriant.

Seulement, comme elles commençaient à devenir gênantes, on les pria poliment de se disperser. Elles répondirent par de très mauvaises paroles et des bravades tout à fait déplacées. Force fut d'envoyer chercher un détachement de municipaux à cheval.

Mais les insurgées commencèrent à grimper aux jambes des chevaux, à sauter en selle derrière les soldats, à les chatouiller, à entrer jusque dans leurs bottes. Ces braves soldats, n'en pouvaient plus de rire, et leurs chevaux se cabrant, ils durent battre honteusement en retraite.

Une forte escouade de gardiens de la paix occupa alors le boulevard à la hauteur du faubourg Montmartre. Ils étaient décidés cette fois à ne pas se laisser vaincre par cette mauvaise troupe. Cependant ils avaient aussi très envie de rire, et ce fut d'abord par d'amicales plaisanteries qu'ils engagèrent poupards et négresses à rentrer tranquillement au logis.

On leur répondit par une fusillade de pois secs ! Un officier de paix en reçut un dans l'œil. Aussitôt les soldats mirent sabre au clair, et une terrible mêlée commença. Les poupées, renforcées de nouvelles venues qui rôdaient encore par les rues, construisirent en un clin d'œil une barricade avec les matériaux du pavage en bois qui avait lieu juste à ce moment là dans cette partie du boulevard.

Les négresses faisaient rage et se battaient comme de véritables turcos. Les poupards ne voulaient pas se rendre, et il fallait les couper en deux. Enfin, il y avait un énorme bébé du Japon, que ses camarades avaient surnommé le Géant Japonais, qui dirigeait la résistance avec une fureur extraordinaire.

Le combat ne finit qu'une fois toutes les rebelles hachées en miettes, et le

Géant Japonais tomba le dernier, sur sa barricade, en allongeant encore un bon coup de tête dans l'estomac d'un gardien qui voulait le faire prisonnier.

C'est sur cette note tragique que finit la journée. Les maîtresses de ces poupées vinrent les jours suivants les reconnaître et recueillir leurs morceaux. Heureusement les poupées, plus favorisées que les personnes, peuvent ressusciter et les raccommodeurs de profession ne se plaignirent pas de ce massacre.

Dans la soirée il y eut bien aussi quelques irrégulières qui au lieu de rentrer chez elles, s'arrêtèrent chez des marchands de vins et se mirent assez vilainement en ribote.

Les fées, au milieu même de la nuit, en entendirent, non sans rire, qui remontaient l'avenue des Champs-Élysées en chantant, pour regagner Asnières et Courbevoie.

CHAPITRE VII

OUTIOUTIOU était le nom que les fées avaient donné à leur rouge-gorge, à cause d'une petite chanson qu'il aimait beaucoup à chanter et qui avait ce refrain.

C'était un vrai gamin de Paris. Il y était né (ses parents habitaient un vieux tilleul du Jardin des Plantes) et il en connaissait tous les coins et recoins.

Ses indications furent très utiles à ses quatre gentilles amies qu'il avait prises tout à fait en affection. Routioutiou leur fit visiter toutes sortes d'endroits que leur guide ne mentionnait pas, et que seul un rouge-gorge parisien peut savoir. Il leur proposait, selon le caractère de chacune, les promenades qui devaient leur être les plus agréables. A Colibri et à Mab, il donna l'idée de diverses malices très réjouissantes que nous raconterions bien ici, n'était la peur de ne pas vous faire partager la gaieté de ces infatigables rieuses. Par lui, Violante connut les plus beaux magasins et les plus riches palais, Candide les quartiers les plus pauvres où l'on pouvait faire le plus de bien.

Enfin ils passèrent ensemble une demi-douzaine de journées charmantes, et, comme elles songeaient à terminer leur voyage et à retourner bientôt dans le pays des fées, elles avaient déjà formé le projet de l'emmener avec elles comme un vivant souvenir.

Il avait consenti avec joie, seulement il avait demandé une après-midi pour aller voir les vieux (c'est ainsi qu'il appelait ses parents) dans le creux de leur tilleul, et leur annoncer que, grâce à ses protectrices, ils auraient du millet, des miettes de gâteau et des vermisseaux jusqu'à la fin de leurs jours.

Les fées et lui, ce matin-là, s'étaient séparés comme à regret, quoi qu'ils dussent se retrouver dans la soirée et ne plus se quitter jusqu'à leur départ définitif qui était fixé au lendemain ou au surlendemain, au plus tard. Mais dans une grande ville comme Paris, aussi bien que dans un tout petit village de six maisons, sait-on jamais, quand on se quitte, même pour quelques minutes, si l'on se retrouvera sain et sauf?

— Routioutiou, disaient les fées en le caressant, donne-nous au moins une bonne idée pour aujourd'hui, car nous ne savons plus que faire.

— Restez dans cette belle tour où l'on est si bien.

— Il fait trop beau temps!

— Alors quoi? Voulez-vous une chose à rire?

— Oh! non, répondirent Mab et Colibri elles-mêmes. Nous avons assez ri ces jours derniers.

— Eh bien! je ne sais plus, moi, dit Routioutiou en se grattant la tête avec le bout de son aile droite, ce qui est chez

un oiseau le signe de la plus grande hésitation.
Vous avez vu tous les beaux endroits ; vous avez
soulagé toutes les misères pour un temps assez
long. Que voulez-vous faire de plus?

— Cherche, Routioutiou. Cherche !

— Vous avez porté du pain et de l'argent à tous les
vieux, du bon café à tous les soldats, des billes de cristal
et des toupies d'ivoire à tous les écoliers, de la pâtée
chaude et froide à tous les caniches errants, du tabac à
tous les prisonniers, et le seul inconvénient de votre visite est que les
enfants ont eu des indigestions de brioche et que les toutous eux-mêmes

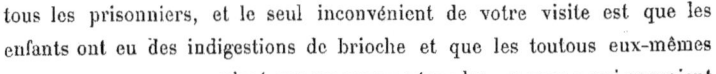

n'ont pas pu croquer tous les « nonos » qui nageaient
dans leur soupe grasse. Que voulez-vous donner
encore à tout ce monde? Des fleurs?

— Des fleurs! dit Colibri. Tiens, c'est une
idée! Avant de quitter Paris, laissons à nos
hôtes un souvenir de parfums et de frai-
cheur. Jetons-leur des fleurs, beaucoup de fleurs.

Et Colibri se mit à danser en frappant des mains. Cette fois, il n'y eut pas
la plus légère discussion entre les quatre voyageuses. Elles furent d'accord
pour trouver l'idée charmante, et se mirent
aussitôt en toilette pour aller faire cette grande
promenade florale, regrettant seulement que
Routioutiou ne fût pas de la fête.

— Je vais vous conduire seulement, dit-il,
jusqu'à l'endroit d'où vous serez le mieux pour
faire pleuvoir les fleurs sur Paris. C'est d'ailleurs dans mon chemin.

14

Là-dessus les fées se mirent en route pour Notre-Dame. On les regardait cette fois passer et on se retournait même, ce qui n'arrivait pas ordinaire-  ment, les fées prenant le plus de précautions possible pour circuler inaperçues. Mais elles avaient des robes si pimpantes et Routiou-tiou voltigeait de l'une à l'autre si gaiement !

Violante était vêtue de rouge, et une seule rose énorme formait sa coiffure ; Candide était tout en blanc avec un collier et des bra-celets de muguet ; Mab était bizarrement parée de toutes sortes de fleurs exotiques, ainsi que Colibri, et l'étoffe de leurs robes était toute brodée, mais brodée de fleurs naturelles, qui ne pouvaient se faner.

Enfin, la voiture dans laquelle elles se rendirent à Notre-Dame était fleurie comme pour les fêtes que l'on voit au Bois de Boulogne chaque année, mais avec cette différence que jamais la plus riche fortune n'a pu et ne pourra s'en procurer de pareille, car elle était entiè-rement faite, attelage compris, de sept énormes fleurs.

Un iris, assez grand pour contenir quatre per-sonnes, formait un confortable landeau, avec sa capote baissée. Sa tige qui se recourbait en avant était le timon de la voiture. Les roues, ce furent quatre grands soucis, qui en tournant rapidement semblaient des cercles de feu. Quant aux deux autres fleurs qui faisaient l'attelage, c'étaient deux lis tigrés du Japon, presque complètement transformés en véritables tigres ; et ils menaient, sans cocher, ce fiacre comme on en voit peu, à une vive allure, mais sans le moindre cahot.

Quand nous avons dit que l'on se retournait sur leur passage, cela ne signifie pas qu'il y avait foule, car les fées étaient parties de très bon matin, et à cette heure-là, les bourgeois de Paris ronflaient encore à poings fermés. Seulement tous ceux qui se trouvaient dehors à cet instant matinal eurent le plaisir de ce spectacle unique. C'étaient, pour la

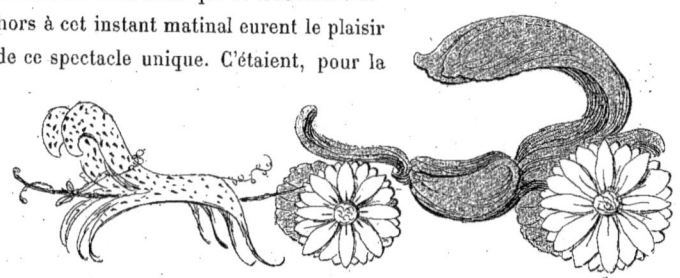

plupart, de pauvres journaliers qui allaient commencer leur ouvrage, ou de pauvres journalistes qui venaient de finir le leur.

Lorsqu'elles arrivèrent à la porte de l'église, la gardienne des tours dormait. Aussi, pour aller plus vite et ne voulant pas la réveiller, elles dépensèrent encore un de leurs talismans (il ne leur en restait plus une très grande quantité) pour que des ailes pussent pousser aux tigres et le carrosse s'enlever dans les airs et les déposer sur le haut de la tour.

Le fonctionnaire qui faisait les cent pas devant la caserne de la garde de Paris, en face de la cathédrale, en fut si surpris qu'il appela le poste, et tous les soldats s'étant mis aux fenêtres furent des premiers à voir cet éblouissant spectacle.

Routioutiou, émerveillé lui-même, battait des ailes, et escortait le véhicule comme un gai petit postillon.

Les fées attendirent encore quelques instants, une fois là-haut, pour regarder la ville endormie. Puis lorsque le premier coup de six heures sonna, en même temps que se mettaient en branle les harmonieuses cloches de l'Angelus, le rouge-gorge, après une dernière caresse, partit à tire d'ailes, et le prodige des fleurs commença.

Se plaçant aux quatre coins de la tour, les gentilles fées étendirent les bras. Le premier effet de ce geste fut que tous les tuyaux de cheminées se changèrent aussitôt en plantes et en arbustes fleuris. Cela faisait, au-dessus de l'immense nappe des maisons, comme une forêt sans pareille.

Puis, elles secouèrent mignonnement les doigts, comme si elles parcouraient, en l'effleurant, un invisible clavier. Une légère pluie de fleurs se mit à tomber sur tous les quartiers. Mais il faut vous dire que pendant toute la durée de ces plaisirs, ce n'étaient pas seulement des fleurs de la saison où l'on se trouvait qui se répandaient, mais bien de toutes les saisons de l'année, et des fleurs de tous les pays étrangers aussi, afin qu'il y eût une inexprimable variété.

Ce qui commença donc de pleuvoir, ce furent des fleurettes blanches, que Candide jetait à la volée. Des muguets, des perce-neige, des grappes de lilas blanc, des pâquerettes au cœur d'un jaune si pâle qu'il paraissait presque aussi blanc que les pétales. Et toutes ces fleurettes, avec bien d'autres encore, tombaient comme une grêle très délicate, en faisant à peine pic! pic! pic! contre les fenêtres, mais assez pour éveiller tout doucement les gens dans leur lit.

— Tiens! il pleut ce matin, disaient en baillant les maris. Je vais dormir pendant un quart d'heure encore.

— Mais non ! disaient les femmes, en se frottant les yeux. Ce n'est pas de la pluie, c'est de la neige. Ah! mais; ah! mais! Je n'ai jamais vu cela. Il neige et il n'y a pas un seul nuage au ciel ! Il neige par un soleil très chaud!

Et les enfants, qui trottaient pieds nus dans les appartements s'écriaient :

— Que c'est drôle! Il pleut des fleurs, tout plein de fleurs !

— Il est fou, le petit bêta! reprenaient les parents encore ensommeillés.

— Tiens! tiens! tiens! Il a raison!

— Mais non !

— Mais si !

Finalement, dans toutes les maisons, dans toutes les rues, on se mettait aux fenêtres; on ouvrait des yeux ronds, une grande bouche, on levait les bras en l'air, à la fois stupéfait et charmé.

Cette pluie se ralentissait, augmentait, cessait, recommençait. Peu à peu, à cette blancheur se mêlèrent quelques picots d'or, qui allèrent en se multipliant.

Les fleurettes couleur de neige, au contraire, devinrent de plus en plus rares, et une véritable cascade dorée leur succéda. C'étaient les grelots des calcéolaires, les fleurs d'un jaune non moins vif des genêts embaumés; les boutons d'or si nombreux qu'on eût cru qu'il n'en pousserait plus jamais dans les champs; les petites boulettes parfumées des mimosas; et des crocus, des œillets d'Inde, des safrans, des soucis, et de grandes tulipes jaunes qui traversaient l'air comme des flammes.

A l'avalanche jaune succéda une averse rouge. Rien n'était éclatant comme la chûte et la jonchée de toutes les fleurs pourpres, ponceau, grenat ou écarlate. Les coquelicots, les fleurs de grenadiers, de cactus, les pétales de roses rouges, de pivoines, de géraniums, de bégonias, les haricots d'Espagne, enfin, que dire ? mille et mille grappes ou corolles de fleurs de corail ou de sang, voltigeaient, se balançaient dans l'atmosphère, et pour faire encore ressortir leur éclat et leur parfum, il se mêlait à elles certaines touffes de réséda, ainsi que des feuilles odoriférantes de citronelle, d'absinthe et de menthe.

Par un effet tout particulier de cette pluie de fleurs, elles ne s'entassaient pas sur le sol, car on aurait bientôt fini par être envahi jusque par-dessus la tête, et étouffé. Au contraire elles s'évaporaient dès qu'il y en avait trop, pour laisser la place à d'autres parfums et à d'autres couleurs, et il en restait juste assez pour faire un beau tapis moelleux, maintenu ainsi dans une continuelle fraîcheur.

Quand les myosotis tombèrent en petite averse fine, on crut que c'était le ciel qui s'émiettait.

Les spectacles devinrent bientôt d'une variété bien plus grande qu'au commencement, car après les ondées d'une seule couleur, se produisirent des mélanges merveilleux : des violettes et des pensées avec des boutons d'or, et d'autres fleurs qui faisaient des reflets rouges et verts, tandis que des azalées et des fleurs ayant la forme d'étoiles montaient, redescendaient et remontaient encore comme des étoiles de feux d'artifices. Enfin bien d'autres combinaisons qu'il est inutile de décrire, parce que les mots ne sauraient en donner l'idée et qu'il les fallait voir pour y prendre tout l'agrément.

Vers la fin de la journée, au moment où les gens croyaient que c'était fini, après tant de merveilles, les plantes grimpantes firent leur entrée en scène. Au lieu de tomber du ciel, comme les autres, elles s'élevaient rapidement de terre : volubilis, pois de senteur, capucines, aristoloches, chèvrefeuilles

LA PLUIE DE FLEURS.

grimpaient, grimpaient, comme si cela avait été une course. Toutes ces plantes formaient des tapis magnifiques contre les maisons dont elles dissimulaient la laideur; elles encadraient gracieusement les fenêtres et les portes, et arrivées aux toits, elles se rejoignaient pour former de légers berceaux.

Il ne faudrait pas croire que seuls les gens de loisir purent profiter de ces charmes. Par une tendre pensée de la fée Candide, les pauvres malades dans les hôpitaux, les prisonniers dans leurs prisons eurent aussi de belles fêtes de fleurs : elles tombaient des plafonds, entraient par les fenêtres ou les lucarnes, amenant avec elles la lumière, le baume et la gaieté.

Pour les malades elles adoucissaient leur parfum, n'en gardant que juste assez pour les flatter sans leur faire mal à la tête. Beaucoup de malades guérirent et ceux qui ne pouvaient se guérir étaient consolés et oubliaient leurs maux.

Les prisonniers dans leur cellule sentaient s'apaiser leur rage, et le repentir, avec l'attendrissement, pénétrer dans leur cœur. Ils purent, par une faveur toute spéciale, conserver fraîches leurs fleurs pendant plusieurs jours, et elles ne s'en allèrent que lorsqu'ils furent complètement pourvus de patience et de résignation pour attendre la fin de leur peine.

La journée se termina par une jonchée de Belles-de-Nuit qui apparurent et s'ouvrirent dès que le soleil eut commencé de se coucher.

Les fées redescendirent alors des tours de Notre-Dame, pour rentrer chez elles, bien joyeuses de tout ce qu'elles avaient vu. Elles avaient congédié leur carrosse, pour pouvoir s'en retourner à pied parmi les fleurs, sous la clarté de la lune et des étoiles. Comme tous les gens qui se promenaient s'étaient amusés à se parer de fleurs, depuis les pieds jusqu'à la tête, personne ne les remarqua dans leur attifement fleuri.

Elles passèrent presque toute la nuit, comme toute la population, à se promener en chantant.

Au petit jour toutes les fleurs disparurent et chacun rentra se coucher.

Comme les fées étaient dans l'avenue des Champs-Élysées, et qu'elles approchaient de leur tour, Violante poussa tout d'un coup un cri.

Elle avait failli fouler aux pieds un oiseau, étendu inerte sur la pierre. Les fées se penchèrent pour le ramasser, et avec un chagrin inexprimable, elles reconnurent leur cher petit Routioutiou !

Heureusement, elles trouvèrent dans leur sac un petit flacon d'élixir de vie, et une goutte versée de force dans son pauvre bec serré, lui rendit aussitôt le souffle.

— Ce sont les fleurs qui l'avaient asphyxié, le pauvre ange, disait Colibri en joignant les mains, et en pleurant et riant à la fois.

Aussitôt qu'il eut un peu de force, il fit signe que non : ce n'étaient pas les fleurs.

— Rentrons chez nous pour qu'il achève de se remettre.

Mais à peine eut-il entendu parler de rentrer dans la tour, qu'il poussa un petit cri de frayeur et fit un violent effort pour s'échapper, comme instinctivement.

— Fuyez ! gémit-il, fuyez ! Dans la tour d'horribles maléfices vous attendent !

— Que dit-il ?

— Les orchidées du hall sont empoisonnées !

— Qu'est ceci ?

— Les meubles sont pleins de serpents et de crapauds ! Les ascenseurs sont prêts à s'écrouler dès qu'on y mettra le pied ! Les jardins suspendus ne sont plus que des petits amas de mousse pourrie et infecte.

— Mais tout cela est affreux ! s'écria naïvement Candide. Qui a pu faire tout ce mal ?

— Tu le demandes ! s'écrièrent ses sœurs.

Routioutiou expliqua alors qu'il avait voulu rentrer au logis vers le milieu de la nuit, mais qu'une fois entré il avait vu ces horreurs, et que c'était comme un miracle de volonté et de courage s'il avait pu s'échapper et ne pas mourir sur place. Il tenait tellement à avertir ses bienfaitrices ! Seulement, tout étourdi par le poison, fracassé par les écroulements, il était venu expirer à quelques pas dans l'avenue.

En rendant son dernier souffle, il avait aperçu de son œil à demi-éteint, comme une horrible bossue qui s'enfuyait avec un ricanement lugubre.

— Ah ! Carabosse ! Carabosse ! s'écriaient les fées consternées.

— Ecoutez, mes marraines, dit Routioutiou ressuscité ; retournez maintenant dans votre beau pays et emmenez-moi. Ici plus rien ne vous vaut. Votre ennemie ne cherchera qu'à vous faire des tours mortels, et vous n'avez plus grand chose à faire ni à voir à Paris après la belle journée d'hier. Partons ! Partons !

— Oui, partons, mes sœurs dit Candide.

Les autres réfléchissaient. Violante releva la tête.

— Il ne faut pas partir comme cela, s'écria-t-elle. Avant, nous devons tirer vengeance de cette vieille sorcière.

— Violante a raison, dirent résolument Mab et Colibri.

Candide et le rouge-gorge, ne pouvant les convaincre, les accompagnèrent le cœur un peu gros.

Et tous les cinq partirent pour une dernière expédition à la recherche de Carabosse, pouvant sans peine la suivre à la trace, à cause de l'empreinte de ses pieds plats, aux talons osseux.

CHAPITRE VIII

IL ÉTAIT TEMPS !

ᴇs traces de Carabosse n'en finissaient pas. Les fées étaient exténuées de fatigue avant d'arriver au bout, et elles seraient déjà reparties vingt fois dans leur royaume n'eussent été les supplications de Violante et son désir ardent de vengeance.

On aurait dit qu'elle avait pris plaisir, cette exaspérante vieille, à suivre un chemin capricieux pour rendre la poursuite pénible, mais en même temps irriter la curiosité. D'abord elle s'était dirigée vers la Concorde, puis brusquement remontait vers les Ternes, de là redescendait du côté de la Madeleine, grimpait jusqu'à Montmartre, passait de l'autre côté de la butte, et enfin allait en droite ligne dorénavant vers Saint-Ouen.

Il avait été d'autant plus facile de la suivre à la trace que ses pas de sorcière s'étaient enfoncés sur le sol, laissant leur marque corrosive ; aussi bien dans la pierre que dans le pavage en bois, l'asphalte ou le macadam. Aussi les fées purent deux ou trois fois s'arrêter en chemin, pour déjeuner ou se reposer sans danger de se laisser dérouter.

Seulement, une fois dans le voisinage de Saint-Ouen, et dans la partie la plus déserte, la moins rassurante, ces traces s'arrêtèrent tout d'un coup, au beau milieu d'une grande plaine pelée, bordée d'un côté par les arides talus des fortifications, de l'autre par de lointaines bicoques, lépreuses, misérables, inquiétantes à voir.

— La mégère s'est jouée de nous ! s'écrièrent les fées. Nous avons été des sottes et c'est bien fait pour nous. Candide et Routioutiou avaient raison. Demandons-leur pardon, et envolons-nous.

Mais au moment même où elles allaient chercher dans leurs inséparables petits sacs quelque talisman pour les voiturer avec rapidité, elles entendirent un ricanement derrière leur dos, et elles se retournèrent en frémissant.

Carabosse était là. Elle avait fait grande toilette ; elle portait une robe jaune serin avec des garnitures vert pomme, un chapeau d'un rouge criard, et elle s'était fardée jusqu'au blanc des yeux. Toutes ces belles choses, qu'elle croyait fort propres à l'embellir, de façon à la rendre la rivale en grâces de ses quatre ennemies, ne faisaient que la faire paraître dix fois plus hideuse.

— Hein ! hein ! dit-elle, avec un regard méchant. On vient donc faire une petite promenade par ici ? C'est un joli endroit pour dîner sur l'herbe. Vous m'invitez, n'est-ce pas? Est-ce que vous ne me trouvez pas assez jolie pour vous tenir société?

Les fées ne répondirent que par une grimace de dégoût, ce qui mit Carabosse en fureur.

— Prenez garde ! grinça-t-elle. Vous êtes venues, je crois, pour vous venger de moi. Craignez que ce soit moi qui tire de vous une fameuse vengeance, et aussi de votre vilaine bête de moineau à qui je vais commencer par tordre le cou.

Aussitôt elle avança sa main maigre vers le rouge-gorge. Heureusement le pauvre petit oiseau eut le temps d'échapper, et il se réfugia dans le manchon de Candide où il demeura en sûreté jusqu'à la fin de cette affaire.

Carabosse, d'ailleurs, n'eut pas plutôt menacé Routioutiou que Violante, lui lançant au nez un de ses talismans, la changea en un gros perroquet jaune et vert à tête rouge, solidement enchaîné sur un perchoir de fer qui sortit de terre.

Ce perroquet, dont les plumes se hérissaient de fureur, criait d'une voix épouvantable toutes sortes de vilains mots à l'adresse des fées, qui se mirent à danser ironiquement autour de lui, avant de prendre congé.

Ce fut une imprudence. Lorsqu'elle était naguère demeurée sans se défendre entre les mains des chiffonniers, c'est que Carabosse avait été comme paralysée par la surprise au point de ne savoir se servir de ses habituels sortilèges. Mais ici, elle était venue et elle avait attiré les fées, uniquement pour leur jouer tous les mauvais tours qu'elle était capable de trouver dans sa bosse.

Toutefois pendant le temps qu'elle mit à se désempêtrer de ses plumes et

de son perchoir, les fées auraient pu s'enfuir, et c'est ce
qu'elles auraient fait de plus
sage.

Au beau milieu de leur
danse, le perroquet se prit à
jeter de grandes flammes par
le bec et les yeux, et devint lui-
même une flamme qui se répandit en une
immense nappe de feu occupant toute la
plaine.

Mab se hâta de tirer de son sac et
de jeter sur le sol une petite bouteille
d'eau qui s'étendit
comme un lac non moins rapidement que le feu.

Saisi et dompté par toute cette eau, le feu se changea en une fumée si épaisse, si noire et si infecte que
les quatre amies ne pouvaient plus se voir à deux pas
et pensaient étouffer sur place, si Colibri n'eût pas bien
vite pris et brisé une petite boule de verre qui contenait un
puissant souffle de vent. Ce souffle eut tôt fait de chasser
la fumée au loin, mais cela n'en valut guère mieux pour les
pauvres compagnes, car la vapeur dissipée, elles virent de
nouveau Carabosse, dans sa robe verte, frottant ses mains
sèches, et leur disant, en manière de moquerie :

— Ah! comme on s'amuse! comme on s'amuse!
mes belles enfants. Quel plaisir de jouer avec vous!
Jouons encore, dites!... Merci beaucoup !

Ce dernier mot de merci fut dit très brusquement et avec une grimace de surprise et de douleur, et Carabosse en le disant n'avait pu s'empêcher de se gratter frénétiquement par tout le corps. Colibri, sournoisement avait puisé dans son sac une petite cage et quand elle en avait ouvert la porte, il en était sorti toute une armée de puces d'acier qui sautaient à plus d'un mètre de haut et s'enfonçaient sous la peau avec la force d'une charge de petit plomb de chasse. Ces puces se précipitaient à qui mieux mieux sur Carabosse, et piquaient de toutes parts jusqu'au sang sa vieille peau, pourtant si coriace.

Carabosse éternua, et de son éternuement sortirent des milliers de serpents les plus venimeux du monde, de crapauds affreux à voir, d'énormes limaces gluantes.

— Allez-y ! cria Carabosse comme une forcenée ; allez, mes jolis petits amis ! Arrangez-moi un peu ces gueuses ! Oh ! comme ils sont mignons !

Et déjà, pour se précipiter sur les fées, les serpents sifflaient et rampaient, les crapauds, la gueule ouverte, prenaient leur élan, les limaces commençaient à se traîner et à baver sur le bas des belles robes.

Candide, Violante, Mab et Colibri pour éviter cet horrible contact, eurent tout juste le temps de jeter en l'air leurs dernières pincées de poudre d'oribus et de perlinpinpin. Aus-

16

sitôt crapauds, serpents et loches devinrent de simples ballons de baudruche, conservant leur forme, et qui s'enlevèrent pour se disperser aux quatre points cardinaux. Beaucoup de gens qui levaient le nez en l'air vers ce moment-là, furent bien surpris de voir tous ces crapauds volants et serpents aériens.

— Ah! que c'est drôle! Comme on s'amuse! Comme on s'amuse! reprenait Carabosse, qui paraissait de plus en plus ravie à mesure qu'il lui arrivait une mésaventure. Là! C'est mon tour.

A peine avait-elle dit ces mots, et sans ajouter : gare! qu'une immense crevasse s'ouvrait sous les pieds des quatre fées et qu'elles étaient précipitées dans le vide, dégringolant avec une vitesse si grande qu'elles en perdirent tout d'abord la respiration.

Cependant elles purent fouiller encore une fois dans leur sac, où elles trouvèrent de petites échelles de soie qui s'appliquèrent aussitôt contre les parois du gouffre et par une force magique leur permirent de remonter en moins de deux minutes.

Au moment où elles mettaient pied à terre, Carabosse s'était couchée à plat-ventre pour voir ce qu'elles devenaient. Colibri, avec la rapidité de la pensée, jeta une pincée de gomme en poudre, et la crevasse se resserra soudain. En se recollant les deux bords s'étaient refermés sur la tête de Carabosse, et elle demeura là, les jambes en l'air, gigotant de la belle façon.

Les fées, y compris Candide elle-même ne purent s'empêcher d'éclater de rire en voyant l'étrange figure que faisait ainsi Carabosse, si toutefois cela peut s'appeler une figure.

— Cette fois, nous la tenons, dit Mab, et pour qu'elle puisse être mieux admirée et conservée plus longtemps à l'admiration des passants, mettons la sous cloche.

Et elle prit une toute petite clochette de cristal qui devint comme une

L'ENSEVELISSEMENT DE CARABOSSE.

gigantesque cloche à melons en emprisonnant cette plante d'un nouveau
genre.

— Tu es encore trop bonne, dit Violante en souriant, tu la préserves de
la pluie.

— Maintenant, dit Candide, je vous en supplie, partons. Nous n'aurions
qu'à nous repentir une fois de plus d'avoir tardé, fût-ce une demi-minute.

— Oui, partons, s'écrièrent les autres. Nous n'avons plus rien à faire ici.

— Cherche dans ton sac, Violante, reprit Candide, de quoi nous rapatrier
au plus vite. Je m'aperçois que le mien est vide.

Violante poussa un cri :

— Le mien aussi ! Cherchez, cherchez vite ! Mab et Colibri !

Mab et Colibri ne répondirent pas : elles étaient devenues toutes pâles et
pleuraient, le visage dans leurs mains; car elles venaient de s'apercevoir
qu'elles avaient, comme leurs sœurs, dépensé sans compter jusqu'à leur dernier talisman.

Il faut croire que Carabosse n'attendait pas autre chose, et que sa grande
satisfaction venait tout à l'heure de ce qu'elle voyait arriver ce résultat. En
effet, dès que les fées eurent senti leur situation désespérée; la cloche de
cristal éclata en miettes avec un bruit de tonnerre, et Carabosse se retrouva
sur ses pieds, souriante comme si rien ne s'était passé.

— Eh bien, ricana-t-elle, mes chères petites, on s'est bien amusé, n'est-
ce pas? Je continuerais volontiers pour vous faire plaisir. Mais je me sens un
peu fatiguée, je ne joue plus. Voyez un peu comme je suis bonne : je
pourrais vous faire repentir, par un tour de ma manière, des petites gen-
tillesses que vous avez eues pour moi. J'aime mieux vous laisser en paix,
comme ceci, et vous donner l'occasion de voir comme c'est facile de se
tirer d'affaire à Paris, quand on ne possède pas de talismans... Allons !
adieu ! Et bonne chance !

Ce disant, avec un horrible petit signe amical, elle enfourcha un vieux balai qui apparut à son commandement et l'emporta dans les airs ni plus ni moins qu'un ballon dirigeable. Bientôt elle fut hors de vue et les quatre fées, désolées, demeurèrent seules dans ce vilain pays, tandis que la nuit commençait à tomber, rendant l'aspect des environs encore plus sinistre.

— Qu'allons-nous devenir ?

— Nous n'avons plus un sou...

— Pour manger...

— Ni pour nous loger...

— Aucun moyen de retourner chez nous.

— Je pourrais, dit Routioutiou, en sortant de sa cachette, prendre mon vol et aller avertir votre reine.

— Pauvre petit, il te faudrait cent ans avant d'arriver à moitié chemin !

— Retournons chez nos amis les chiffonniers, proposa Candide.

— Pouah !

— Quelle horrible vie !

— Allons demander l'hospitalité à n'importe lequel de ces bons bourgeois à qui nous avons donné, l'autre jour, de si belles fleurs. Nous dirons que c'est nous.

— Ils nous traiteront de folles.

— Ils nous riront au nez.

— Que faire ?

— Oh ! que j'ai peur !

Elles frissonnaient, ne se sentaient plus de fatigue, de faim, de froid.

Soudain Routioutiou qui voletait désespérément çà et là, cherchant lui aussi une idée, fit un saut en arrière, avec un petit cuic effrayé : il venait de voir dans l'herbe un objet luisant et mouvant qui semblait une longue et très mince couleuvre.

Presque en même temps cette couleuvre faisait un bond et s'enroulait autour du bras droit de Candide, qui au grand ébahissement du rouge-gorge, au lieu d'une exclamation de terreur, jetait un cri de joie :

— Quel bonheur ! Mon bracelet ! Mon bracelet !

Vous vous rappelez ce bracelet d'argent vivant, dont nous avons parlé au début et qui faisait docilement toutes les commissions de Candide. C'était lui qui se retrouvait ici à l'improviste. Mais pourquoi, comment était-il venu ?

Il se glissa jusqu'à l'oreille de sa maîtresse et lui eut vite conté que sans elle, il s'ennuyait à mourir, et qu'il avait obtenu de la reine Urgèle la permission de venir la retrouver. Son instinct d'enchanteur lui avait sans peine fait trouver sa chère Candide juste à ce moment périlleux.

Les fées, désormais rassurées, lui confièrent la mission de leur aller chercher quelque prompt véhicule afin de rentrer aussitôt dans le pays de perles, de jasmins et de soie.

Semblable à un éclair, il sillonna le ciel noir, disparut, et peu d'instants après reparut, escortant un chariot ailé qui jetait une clarté si vive que des rôdeurs arrivant par là dans l'idée qu'il y avait un mauvais coup à faire, en furent précipités sur le sol, tandis que le chariot emportait les voyageuses.

En route le serpent leur conta que Carabosse, ayant eu la fâcheuse idée de se vanter de sa méchanceté, était en ce moment fouaillée par les autres fées, et mise en quarantaine.

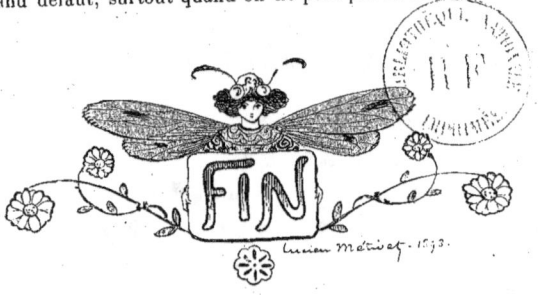

Il n'est pas besoin de vous dire avec quel plaisir Candide, Violante, Mab et Colibri retrouvèrent leur beau palais, leurs fleurs, leurs bijoux et leurs musiques.

Maintenant reviendront-elles jamais parmi nous?

C'est une question que je ne voudrais même pas poser, car la curiosité est un grand défaut, surtout quand on ne peut pas la satisfaire

FIN